谷崎潤一郎

少将滋干之母

[日] 谷崎润一郎 —— 著
王述坤 —— 译

上海译文出版社

一

　　故事要从那个有名的好色男子平中说起。

　　在《源氏物语》"末摘花"卷末有一段话："（紫姬）异常担忧，近之，以御砚水盂之水润湿陆奥纸①，代为擦拭，然源氏戏之曰：鼻子涂红尚可，万不可涂成平中黑鼻头模样。"这里所讲的是源氏公子故意把自己的鼻尖涂红，做出怎么也擦不掉的样子，当时年方十一的紫姬心中焦急，便以纸沾水，要为源氏擦拭鼻头。源氏开玩笑说："涂成红鼻尚可忍耐，若像平中那样涂成黑鼻子就糟了。"在《源氏物语》的古老注释书之一《河海抄》②里曾有个故事，说的是从前平中到一个女人面前假装哭泣，不巧出不来眼泪，便随手悄悄把砚台用的水罐揣入怀中，以此水涂湿眼边。此时被女人发现，便在水罐中注入磨好的墨汁，平中不知就里，用那墨水润湿眼睛。于是，女人叫平中照镜子，咏道：

　　　　巧妙弄机关，
　　　　满面忧伤装可怜，
　　　　妾前来表演。

> 弄巧成拙大黑脸，
>
> 虚情假意贻笑谈。

据《河海抄》记载，源氏的话便是由此而来。《河海抄》从《今昔物语》③上引用了这个故事，并写道："《大和物语》④上亦有此事。"但现存的《今昔物语》和《大和物语》上并没有记载。不过，从作者让源氏说这种笑话来看，这个平中涂黑的故事作为好色之徒的丢脸趣事，在紫式部时代已经广为流传了。

平中这个人物，在《古今集》⑤及其他敕撰集⑥中留下了很多和歌，家谱也大致明白，其名又出现在当时的各种物语中。所以，这是个实有的人物，是千真万确的。但是，他的死是延长⑦元年还是六年不甚了然，而其生年也是在任何书上都没有记载的。《今昔物语》中记载着："有唤作兵卫佐平定文者，表字平中，系皇太子之孙，出身不卑，乃当时好色之徒，对人之妻女或宫女，少有其未曾窥视者也。"在另一处又记载着："身份不卑，且一表人才，口齿伶俐幽默，举世无双。因如此人物，良家之妻女皆罕有未被其相好者，何谈宫中女官哉。"如上所述，平中本名叫平定文（或曰贞

---

① 陆奥（今青森县大部和岩手县之一部）地方出产的日本纸，用檀树皮纤维制成，纸质厚而白。
② 日本南北朝时代著作，共二十卷，四辻善成著。
③ 即《今昔物语集》，平安后期的民间故事集，故事分天竺（印度）、震旦（中国）、本朝（日本）三部分，共三十一卷，现存二十八卷。
④ 平安中期以和歌为主的故事集，作者不详。
⑤《古今和歌集》之略称，为最早的敕撰和歌集，共二十卷，收入和歌一千多首，编于平安朝初期（十世纪初），作者为纪贯之、纪友则、凡河内躬恒、壬生忠岑四人。
⑥ 敕撰和歌集的略称，指历代天皇或皇族人员所作和歌集，包括《古今和歌集》《新古今和歌集》等共二十一部和歌集。
⑦ 延长（923—931），醍醐天皇到朱雀天皇之间的年号。

文），是桓武天皇之孙的茂世王之孙，又是右近中将从四位上平好风之子。所谓"平中"，有说是指三兄弟中的老二；也有说是因字为"仲"，故也往往写成"平仲"（据《弄花抄》①，其发音读为浊音）。

但叫"平中"，是不是也如把在原业平②叫成"在五中将"一样呢？

如此说来，业平与平中两人都出身皇族，都是平安朝初期所生，都是美男子且为好色之徒，都擅咏和歌，前者是三十六歌仙③之一，后者是入选《后六六撰》④的歌之一；前者有《伊势物语》⑤，后者有《平中物语》⑥和《平中日记》⑦，在这些方面，业平和平中极为相似。只是平中比业平时代更晚；从前述涂黑的故事及被本院侍从耍弄等故事想象开来，平中不同于业平，似乎给人以丑角的印象。看看《平中日记》，也可知其内容未必都是些卿卿我我的情话，而往往是些"被对方抛弃""被巧妙地甩掉"，到最后，又是些"未曾开言便告吹""男士嫌烦即告吹"这样一些"吹灯拔蜡"的插曲。偶尔如愿以偿，比如住在京都七条的皇后宫中女官武藏⑧，却又节外生枝：第二天便因公离开京都四五天，而十分失策

---

① 《源氏物语》的注释书，三条西实隆著。
② 在原业平（825—880），平安时期歌人，阿保亲王之第五子，是六歌仙和三十六歌仙之一，曾官拜右近卫权中将，故人称"在五中将"。
③ 三十六歌仙，柿本人麻吕、大伴家持等三十六位优秀的歌人，由藤原公任（966—1041）在《三十六人撰》中选定。
④ 《三十六人撰》之后，藤原范兼（1107—1165）选定了从和泉式部到清少纳言共计三十六位歌人所编成的和歌集，是为《后六六撰》，也有人写成《后六六选》。
⑤ 平安时代初期的和歌物语，日本最早的古典文学作品之一。作者不详，由全一百二十五则短章构成，作品收录著名歌人在原业平的许多和歌，据说主人公有在原业平的影子，故而也称《在五中将物语》。
⑥ 平安中期的和歌物语，作者不详，描写了歌人平中三十多个恋爱故事。
⑦ 疑指《平中物语》。
⑧ 据《今昔物语集》，此女乃太守武藏之女，讹称"武藏"。

的是没及时和女方打个招呼。女方叹其音信皆无，竟削发为尼，遁入空门。

不过，在几个女人中，最使平中迷恋得神魂颠倒，且叫他大吃苦头乃至最后送掉了卿卿性命的冤家，是侍从贵妇，也就是人们所说的"本院侍从"。

该女子本是左大臣藤原时平官邸的女官，因为人们称时平为"本院左大臣"，便据此将那女子称为"本院侍从"。那时平中的官位仅是个小小的兵卫佐。他固然血统高贵，门第显赫，但官位颇低，加之相当懒散，日记上写着："以官为苦事，但求乐逍遥。"总之，他厌恶在衙门当差，每日游手好闲地打发日子，也曾为此惹得天皇龙颜大怒，一度罢过他的官，以资惩戒。不过还有一说，说是他被罢官是因他和一个官比他大的男子争风吃醋，那女人厌恶那高官，而倾向平中。男子情场失意，忌恨平中，便在朝廷如此这般地进了谗言。正如《古今集》十八卷《杂之下》所记载：

人世多烦忧，
空门茫茫任皈依。
中间无鸿沟，
我欲脱离红尘去，
因何恁般愿难酬？

这首歌的序言指出，系"被贬官之时吟成"，可见当时他是起了遁入空门之念来吟咏的。因为天皇的母后那里，他有熟悉的女官，他便把如下一首歌送到那女子处：

山间子规鸟，

等我凋零落魄身，

天命存几何？

且顺天意苟且活，

何须为此忧心忡？

他一方面做皇太后的工作，另一方面又由其父好风到天皇处恳求，没多久就官复原职了。

厌恶公务的平中，在进宫做事上似乎很疏懒，但却不断到本院左大臣府上请安。所谓"本院"，是指位于中御门北堀川东一条处的时平府邸。当时，时平是已故关白①太政大臣基经——昭宣公之嫡子，作为当时醍醐天皇皇后稳子之兄，处于显赫无比的地位。时平当左大臣是昌泰二年，时年二十九岁。起初两三年，因有右大臣菅原道真②在任，多少受到些掣肘。昌泰四年一月，时平成功地搞掉这个政敌后，便名实相符地成为万人之上的人物了。而这个故事发生时，他的年龄仅三十三或三十四岁。在《今昔物语》中，记载着该大臣也是"仪表堂堂，风采过人，浑身熏香，空前绝后"。我们可以在眼前立即描绘出一个富贵、权势、美貌、年轻等方面得天独厚的傲慢的贵公子。提起藤原时平，历来人们都要联想起舞台上出现的《拉车》③剧目中坏官的蓝色脸谱，使人觉得这是个奸臣，

---

① 辅佐天皇的大臣，位在太政大臣之上。日本史上关白摄政自藤原基经（836—891）始。
② 菅原道真（845—903），平安前期的学者、政治家，醍醐天皇时官升右大臣，死后被供奉于各地北野天满宫，尊为"学问之神"。
③ 出自净琉璃剧目《菅原传授手习鉴》，是家喻户晓的歌舞伎传统剧目，以菅原道真左迁事件为素材。

这恐怕是因为世人同情道真的结果。实际上时平也未必是那么坏的恶棍。高山樗牛①曾著《菅公论》，批判道真辜负了宇多上皇欲起用其以压抑藤原氏的这一殷切希望，里边曾说道：菅公之流，是没什么本事的爱哭诗人，并不是什么政治家。《大镜》②不仅说到了时平的劣迹，也说到了其可爱之点，像遇到可笑事立即大笑不止的毛病，这足以证明他也有天真无邪、开朗豁达的一面。有个很滑稽的轶闻，那还是道真在朝，和时平两人理政时的事情。说时平总是一切大包大揽，不容道真置喙，于是有个书记官想出一计。有一天，他把文件放进文件夹，夹着它呈到左大臣面前，正要将文件递交给时平的当口儿，故意放了一个响屁。时平立刻忍不住捧腹大笑起来，笑了很长时间，一直没有停住，身体抖动使他无法接文件。这时，道真便从容地受理了文件，并按自己的意思加以裁定。

时平又相当有勇气。道真死后，人们相信其灵魂已化作雷神将向朝臣复仇。有一天，清凉殿突然落雷，满朝文武正大惊失色时，只见时平凛凛然拔出大刀，怒视太空，大声申斥道："你生前不是位在我之下吗？纵然成了神，既来到这个世界，那么就理当尊敬我！"雷鸣似乎被他的威势吓倒了，顿时消失。因此，《大镜》的作者也说，他虽然是个做了种种坏事的大臣，但"颇具大和魂胆"。

如此说来，时平似乎给人以鲁莽的纨绔子弟的印象，其实他也

---

① 高山樗牛（1871—1902），文艺评论家、思想家，曾创刊《帝国文学》，主持过著名杂志《太阳》，是明治时代影响巨大的论客。
② 历史物语，作者不详，纪传体，讲述了从文德天皇到后一条天皇之间十四代共计一百七十六年的历史，又名《世继物语》。

有相反的一面。世上曾流传过醍醐天皇①和该大臣密谋惩戒世间奢靡之风的故事。有一次，天皇从殿上小窗间看到时平穿着华丽地上朝，违反了天皇的规定，便怫然不悦，召来职事宣道："近日取缔奢华甚严，而身为左大臣者，上朝穿着如此奢华，真真岂有此理。速速令其退出！"职事尽管心里有些犯嘀咕，还是小心翼翼地传达了圣旨，把时平吓得不知所措，随从开道也被禁止，灰溜溜地退了出去，以后整整一个月闭门不出。偶尔有人来访，也推说"因受圣上重责"，不予接待，甚至连帘外也不走出一步。渐渐，此事有了名，人们对奢华也有所收敛了。其实，这是时平预先与天皇合谋好的。

平中此时屡屡来给时平请安，当然也有几分对权门趋炎附势，想抓个靠山的动机。不过，另一原因，这个时平大臣和平中兵卫佐也很谈得来。两人从官职品位来说，相差固然悬殊，但论起家谱和门第，平中却毫不逊色。而且两人爱好和教养也大致相同，都是嗜好女色的贵族美男子。因此，两人常常饶有趣味地交谈的是什么，大致也可以猜个大概了。然而，陪大臣并不是平中来这里的唯一目的。他总是在大臣面前侃侃而谈直至深夜，然后找个适当时机告辞，但极少马上回到自家。他在大臣面前装出自己已回去的样子，实际上却照例悄悄溜到女官们的房子那里。老实说，在本院侍从房外徘徊才是他的目的。

但是，十分可笑的是，平中自去年以来就偷偷地去那边，有时估计对方可能在里边，他便在门外屏息谛听；有时又在栏外伫立，

---

① 醍醐天皇（885—930），平安时代的第六十代天皇。

耐心地窥测时机。不过，他出师不利，不比往常，到现在为止不仅没能打动对方的芳心，也没能从篱笆孔里一睹那据说是绝代佳人的芳容。另一方面，这也不仅是因为倒运，似乎还由于对方不知为啥故意躲开他，使平中更增添了几分焦躁。这种时候，他的老办法就是买通小使女，叫她传书递信。固然，这里边他倒没有什么疏漏，可迄今已叫其递送过两三次信，却毫无反应。平中总是抓住那小使女便死乞白赖地叮问："确实替我转交了吗？"小使女结结巴巴地，似乎有些可怜平中似的答道："嗯！交倒是交了……"

"收下了吗？"

"嗯，确实收下了。"

"你替我说了要务必回音吗？"

"这话也说了……"

"后来呢？"

"她什么也没说呀！"

"那么，她看了吗？"

"嗯！大概吧……"

就这样，平中越追问，小使女越不知如何回答是好了。

有过这样一次：平中照例在啰里啰唆写完饱含情愫的情书后，又用一种就要哭出来的语气加上几句："至少我想知道这封信您是否看了，我决不强迫您用热烈的字眼。如果看了，给我一个'看了'这两个字的复信也好。"然后叫小使女送过去。这次小使女笑容可掬地走回来，这是前所未有的事。

"今天有回信啦！"她说着，交给他一封信。平中激动得心咚咚直跳，恭恭敬敬地收下，急忙打开一看，里边只装着一张写了字的小纸片。再仔细一看,纸片正是他信中的一句"给我一个'看了'这两个字的复信也好",而"看了"这两个字恰恰被撕掉了。

这一来,就连厚脸皮的平中也惊得目瞪口呆。他过去曾追求过无数女子,但从未碰上过这样的恶作剧和这般挖苦人的。何况拈花惹草的平中又是绝对不隐瞒自己美男子身份的人。多数女子往往一知道是平中即不由分说地上钩,像这次这样难弄的从未有过。所以这次失败,真像是被猛抽了一记耳光,厚脸皮的平中,此后也有一段时间没去沾边儿。

其后的两三个月间,因为在女人那里无事可干了,现实的平中,对左大臣的请安也自然疏懒多了。偶尔去请个安,但回去时,再走错也不向那房子的方向迈步了。他告诫自己那里是鬼门关,嗖地窜出院子。几个月过去了,一个梅雨的夜晚,他又在阔别颇久的大臣那里呆到深夜。一出来,入梅时节本来就下着的细雨突然下大了。他不愿意冒雨回家,突然萌生一个念头:这种夜晚何不去找她!上次那件事想来可气,然而这做法就算是恶作剧,也毕竟显得过于心细了。大凡对方如此工细地吊他的胃口,并不是嫌恶他,恰恰是对他抱有兴趣的佐证,恐怕是在向平中显示:我可不是那种一听你的名字就手舞足蹈的人。平中的心底仍然有着这样一种自豪——只要我坚持到底,准行。被人那般捉弄仍不回头,不彻底死心。加之,如果在这种漆黑、大雨倾盆的晚上去找她,那女人就是铁石心肠,大约也不会不产生怜悯之情。想到此,他自然忘乎所以,摇摇晃晃地向"鬼门关"的方向走去。

"哎哟!我还以为是谁呢!"被喊出来的小使女在黑暗中打量着无精打采地站在板条式外廊地板上的男子的黑影,颇为吃惊地说:

"好久不见了呀，我还以为您死心了呢！"

"什么话，怎能死心呢？男子汉被那样一搞，恋情要更胜一筹的。那以后之所以没来造访，是因为我觉得马上再来啰唆，有点失礼呀！"

平中伪装得很冷静，以避免露出更大的丑态，可偏偏声音发抖，连自己也觉得可笑。

"虽然这一阵疏于问候，但我一天也没有忘怀过，我是一门心思在想她啊！"

"带信来了吗？"

看样子小使女是不想再理睬那冗长的可怜巴巴的话语，仅表示出要有信我还可以帮你送送。

"没有什么信呀，反正也不会回信，写也是白写——我说，小姑娘，求求你，让我见见她，听听她的声音，哪怕是一小会儿，看一眼，不！隔着东西看也行。想到这，我才忍不住冒着这么大的雨跑来，难道你就不能有点恻隐之心吗？"

"可是，下人们还都没睡，现在不方便……"

"我等呗！多久都行。等到下人们都睡了后——今天晚上不见到她，我就不离开这里一步。"平中不顾一切地说，"我说，小姑娘，求求你啦，真的。"

他就像一个撒娇的孩子，嘴里反复说着这些话，抓住小使女的手不放。小使女的眼光显得又惊又怕，一次次望着这个疯疯癫癫的汉子。

"这么说，您是真等啰？"小使女无可奈何地问，"如果您等的话，那我也只能在下人们都睡了以后，去回禀一下试试。"

"谢谢，那无论如何也要拜托了。"

"可是还早呢。"

"我知道呀。"

"真的光给传信哪！其余的事恕不办理。那么，您就在那个拉门前边，尽量避人耳目地等着吧！"说着，小使女回去了。从这时起，平中站了很久。夜渐渐深了，听得见人们准备就寝的声音。不久，房内肃静无声了。这时，平中靠着的门内好像来人了，响起了打开金属门闩的声音。

"咦！"他感到奇怪，试探着把手放在拉门上，竟轻易地拉开了。啊！这么说，难道今夜她也动心了，答应了我的请求？平中感到像在做梦，高兴得浑身颤抖，小心翼翼地溜了进去，从里边插上闩子。屋内一片漆黑，刚才还听得见人的脚步声，这会儿却不像有人，只有浓郁的熏香溢满房间。平中在黑暗中用手摸索着一步步往前走，总算来到了估计是卧室的地方。他估摸着恐怕是这儿吧，用手一碰，却摸到了一个披衣横卧在床的躯体。纤细的肩头，可爱的头形，正是她！摸摸她的秀发，柔软蓬松的头发，他的手感到凉丝丝的。

"到底见到你啦……"

他平时总是备着几句和这种场合相符的台词，但今夜事出突然，仓促之间种种词句都出不来，竟不由得浑身颤抖。费了好大的劲说出那句话以后，就只有连续呼出滚烫气息的份了。他一再地从毛发上用两手压住对方的脸，把她的脸扳向自己的方向，想仔细端详一下人们传说中那美丽的脸蛋儿。尽管脸贴得那么近，两人之间还是漆黑一团，什么也看不清。不过正在这样潜心凝视时，他感到一个白影幻觉般地进入了视觉。女人这期间一言不发，默默地由着平中摆布。平中摸遍那女人的脸，凭触觉来想象那美丽的轮廓，而女人被如此爱抚却依然软绵绵地由着男人玩弄，这只能被认为是无言中把一切都交出来了。那女人一感到男子在转身，似乎突然想起了什么。

"等一下……"她说着收回了身体，"那边拉窗的门闩忘了插，我去插一下就来。"

"马上回来吗？"

"嗯，马上……"

女人所说的"拉窗"，也可称作"拉门"，指和邻房隔开用的东西。可不，这个闩子要是没插，外人就有可能进来。男子无奈地放开手。女人起身，脱去了罩在外面的衣裳，只穿着单衣和裤裙出去了。这期间平中宽衣解带，在那里卧等。闩子确实嘎哒地响了一声，可不知为什么，女人总是不回来。就算是隔壁，究竟在做什么呢……对了，刚才闩子声响过后，似乎感到女人的脚步声远去了，房间再无人声。平中觉得奇怪，小声问了一句："怎么啦……喂……"但没有回答。

"喂……"他坐起来，嘴里招呼着。来到拉门一看，可气的是这边的闩子开着，那边的闩子插着。原来那女人逃到隔壁房间，从对面反插上后不知去向了。

"又中了圈套吗……"平中就这样靠着拉门，茫然地站在黑暗之中。可这又是什么意思呢？深更半夜特意把人家诱入闺房，关键时刻又销声匿迹。前几次那女人已经很过分了，今天这事则更加叫人百思不解。好不容易把事情办到这种程度，往日的美梦总算在今天就要如愿以偿的时候——尽管刚才抚摸她那冰凉的秀发，触摸她那柔软的面颊的感觉还残留在手中——只差一点让她逃掉，到手的珍珠从指间漏掉了——想到这里，平中的眼里甚至涌出了悔恨的泪水。回头想来，刚才女人出去时，自己就应该跟出去。认为没问题，放松了警惕是错了。大凡女人，都想试试男子有多少诚意的嘛。如果男子衷心感激今宵之幽会，那就该片刻也不想离开她的身旁。可自己倒好，叫女人单独去了，自己却在傻等，这个主意实在是太糟糕了。那女人心里也许在说：我只是略示温情，你就马上得意成那样，看来还得好好惩罚一下，请勿见怪，要把我这样的人弄到手，还要有一番耐心啊！

从这别扭得出奇的女人的性格推想，她无论如何也不可能回来了，平中明知如此，却仍然恋恋不舍地耳贴拉门，偷听隔壁室内的动静。后来，终于返回被窝里，不想立刻穿上自己的衣带。明知是蠢行却对女人放衣枕的地方又是拥抱，又是抚摸，然后把枕头放到自己脸上，把那女人的衣服披在自己身上，长时间地卧在那里。管它呢！天亮了又怕什么？就这样呆下去，被人发现了再说……这样执拗地坚持，那女人未必不会回心转意转回身来……他想着这些，在散发着女人气味的黑暗中听着寂寥的雨声，眼睁睁地呆了一夜。到天快亮时，已人声嘈杂，他总算觉得有失体面而偷偷溜出去了。

这件事后，平中对本院侍从的思念更加认真起来。以前是带有几分嬉戏追逐的东西，其后却专心致志地热恋起来，大有不达目的死不罢休之势。尽管这种痴情使他眼睁睁地落入对方所设的陷阱，但他还是被一步步诱入对方圈套而不能自拔。结果，他除了叫出那小使女传递书信，别无他策。但写信让他绞尽了脑汁，他决定用种种表现来反复书写——我感到了您在试探我，尽管如此，却不慎铸成那晚上的大错，心中悔恨不已。也许您要说，这也是我热情不足的证据，但自去年以来，那等受您嘲弄，我仍不改初衷坚持至今，您倘使有些许怜悯，难道不能再给我哪怕一次那样的机会吗——大意无非这些，但他用各种甜言蜜语来写。

二

　　光阴荏苒，转眼那年夏天已过，到了深秋，已经是平中家篱笆里的菊花色香衰败的季节了。

　　这个当今驰名的花花公子，不仅喜爱人间的花，对植物界的花也有着一片疼爱之心，看样子养菊是他的拿手好戏。

　　"此男子似喜花草，家里植有诸多珍菊。"

　　《平中日记》里记载着一个美丽的月夜，女人们趁平中不在家前来偷偷赏菊，在高挑的菊枝上挂上和歌作品后回去的事。在《大和物语》中也记载着仁和寺的宇多上皇——亭子院之帝①传唤平中，说："朕有意在御前养菊，请献上等佳菊。"当平中诚惶诚恐地退出去时，被上皇唤住："献上的菊花要配和歌，否则不收。"所以，平中更加惶恐地退回，从自家院内上好的盛开菊花中精选出数株，并配上和歌献给宫廷。在《古今和歌集》卷五《秋歌》之下卷记载着说明——"仁和寺菊花盛开时节，帝传旨令其配歌以贡之，因咏之奉上"：

　　　　金菊点秋色，

秋去反有菊更佳，

疑似花凋谢，

白菊化作紫红色，

姿色高洁显荣华。

在他精心栽培的菊花悉数凋谢的那年冬天的一个晚上，平中又到本院大臣处请安并说了一会儿闲话。除他之外，还有五六位公卿在那里。起初大臣跟前是十分热闹的，但人们陆续走了，不知不觉只剩下大臣和他两个人。本打算回家的平中也想就此适可而止地告退，但时平一和他对坐必定要谈论女人，现在竟开口说出："最近有什么收获呀？在我面前就不必隐瞒啰！"平中尽管心猿意马，但失去了离席的时机，所以接着又谈了一阵好友之间才能谈的密话。可是平中心里惴惴不安，担心近来自己纠缠本院侍从那事被大臣知道，生怕马上被端出来而挨一顿整。所以，这一晚平中有点不大对劲，暗中提防着。然而，时平不知想到了什么，突然离开上座席位，来到和平中促膝相对的位置，说道："有时想向你诚心打听一件事……"

"好啊！果真来了！"平中想到这，心中一阵慌乱，时平脸上却浮起微笑：

"哦，贸然相问，那个太宰府大纳言②家的夫人……"

"啊？"平中应道，眼睛注视着微笑还没消失的时平的脸。

"那个夫人你一定认识啰？"

---

① 宇多上皇（867—931），第五十九代天皇，因让位于醍醐天皇而成上皇；亭子院，为宇多上皇御所。
② 律令制下，太政官的副职，仅次于大臣，相当于正三位。

"是那个……夫人吗？"

"别装蒜了，认识就老实说认识好了！"

看到平中慌了神，时平更往前凑了凑：

"突然说出这话你也许会感到奇怪，不过听说那位夫人是个世上罕见的美人，这是真的吗？喂，我说，我叫你别装傻哩……"

"哪里？我装什么傻。"

平中一听不是他所担惊受怕的侍从贵妇的事，而是没想到的人，首先松了口气。

"我说，你认识啰？"

"哪里……抱歉抱歉。"

"不行，不行，你不说也露馅了。"

两人之间进行这种问答并不稀罕。平时，只要是时平嘲弄平中，平中开头总是装聋作哑，咬定不知道，但追问紧了，到最后便改口"也不是不知道"，再追问，又变成"只是通过信"，再变成"见过一次"，又变成"实际是五六次"，到最后则竹筒倒豆子，全部坦白出来。而时平吃惊的是，当时出名的女人，平中几乎没有一个不勾搭上的。这天晚上也是，被时平一追问，平中嘴上说的渐渐地牛头不对马嘴起来，虽然嘴上还在否定，但从面孔上看，已经开始默认了。而时平再追问，他就开始慢慢地招认了：

"其实呢，那什么，服侍那位夫人的女官中有人同我还有些交情。"

"哼！"

"那个人告诉我，夫人是个绝代佳人，刚满二十岁……"

"哼！这些我也听说过。"

"可是大纳言大人是那等年纪的老人了……他的年龄多大来着？啊，看上去恐怕早过七十啦……"

"可不。怕有七十七八啦！"

"这样一来，他和那位夫人就相差五十多岁，所以夫人就太可怜了。她生有倾国倾城的美色，挑来选去却找了个自己祖父、曾祖父般年岁的丈夫，想必会有不满吧。那位女官还说夫人对这一点叹怨不已——世上还有像我这般不幸的人儿吗？还曾背着外人哭过……"

"哼，所以呢？"

"也没什么所以不所以的，反正她也就……那样了……"

"哈哈哈。"

"请大人推而察之……"

"我估摸着怕是这个情况，看来果真如此呀。"

"我算服了你了。"

"那么，你跟她见过几次面？"

"哪有什么几次面，并没有屡屡见面的程度，只不过有那么一两次……"

"又扯谎！"

"哪里，是真的……求那女官为媒，记不清见过一次还是两次了，不过没到特别热乎的程度。"

"哎呀！那些管它做甚？我倒想知道她是不是真如传说所言的那种绝代佳人。"

"您说得对，那可真是……"

"叫我怎么说才好呢？"

平中故意卖了个关子，忍住狎笑，装模作样地歪了歪头。

这里两人所说的"太宰府大纳言"和"夫人"是何许人呢？大纳言指的是藤原国经，是闲院左大臣冬嗣之孙、权中纳言长良之嫡长子。时平是国经之弟长良第三子基经之子，所以国经和他正经是叔侄关系。不过，从地位上讲，时平是已故太政大臣关白基经之长子，当然要显贵得多。已坐上左大臣宝座的年少侄儿，并没有把老朽叔父大纳言放在眼里。

　　国经在当时来说是个相当高寿的人，是延喜①八年八十一岁才去世的，是个生来不干事的老好人。总之，爬到了"从三品大纳言"的宝座就是因为长寿。以前曾任过太宰权帅，故称"帅府大纳言"，当上大纳言是在延喜二年一月，其时年七十有五。如果说他有一个长处，那就是非常健壮，精力无与伦比。这可从恁般高龄还每日拥着二十几岁的夫人，并使她生一男孩推知。说句题外话，在当今昭和年代，就在不久前，六十八九岁的一位老歌人和四十几岁的某夫人进行了所谓"忘年恋"，为报刊杂志提供了风流韵事，闹得满城风雨，对此我们还记忆犹新。当时在这位老歌人的挚友中最成问题的是，他的体力能否吃得住。有个好事汉子曾私下问过其夫人，结果证明，夫人在那方面没感到任何不满。当时我们对这老歌人的精力是既羡慕又惊异。就是在现代，这种配偶的性生活也会作为罕见之事引人注意。国经比老歌人还大八九岁，找了个比自己小五十多岁的妻子，如此事例，又是在平安朝，岂能不是一件奇闻？

　　至于所说的夫人，是筑前②太守在原栋梁之女，故算是在五中将业平之孙女。此夫人芳龄几何不得而知。说她和大纳言有五十岁

---

① 延喜（901—923），醍醐天皇时的年号。
② 日本古代旧国名之一，地理位置相当于现在的福冈县西北部。

之差也许人们未必相信,不过在《世继物语》①里记载着"二十有余",《今昔物语》中也有"二十余岁"的记载,所以一般说来,也就二十一二的样子吧。虽然业平是她的祖父这一点不足以断定她是个美人,但据说其子敦忠也是个美男子,所以,她恐怕也是个不愧为美人家族一员的丽人。时平不知从哪里听到了这个传闻,还听说她经常背着丈夫引进情人,而这个情人好像不是别人,正是平中。时平想,如果这话不假,那么如此漂亮的美女怎能任那般老朽和地位低下的平中摆布,必须由本人取而代之。时平正在暗中野心勃勃地打着算盘的当口儿,不知就里的平中,突然在今晚来请安了。

正如后文所述,时平不久便达到了夙愿,巧取豪夺地从伯父那里,把比自己年轻十岁的伯母据为己有。《大和物语》中记载着此夫人尚为国经之妻时,据说是平中赠她的和歌:

> 原野染新绿,
> 南五味树显春色,
> 一派生机勃。
> 我欲与卿结连理,
> 敢问佳人意若何?

所谓"结连理"是指娶她作结发妻之意,尽管我们不了解平中究竟有几分认真,但既然写出这样的词句赠之,由此看来平中对此人也多少有些当真的意思。此时,平中被暗中揭了底,回答得颠三

---

①《荣华物语》的别称,是以藤原道长的荣华富贵为中心的历史故事。

倒四。不过老实讲，他还真有点不能忘情于这位往昔的情人哩！当然，他是个浪荡子，至今为止海誓山盟地弄到手的女人不计其数，而且大多当场抛弃，于今恐怕很多连面孔和名字也记不清了。但这位美貌的夫人尽管疏远一时，倒的确有过非同寻常的关系。眼下不得已，造成紧追本院侍从的结果，他感到懊丧不已，才一个心眼想着这边儿，和那女人的情丝却没有完全斩断。特别是在意想不到的时候，被时平如此这般地一问，便油然忆起了那位佳人。

"哪里。正像我刚讲的，我和她见过一两次面，不过她姿色楚楚动人倒不是假的呀！"平中还在含糊其辞，似乎惜字如金地说着。

"嗯？这么说，真像人们传说的那样……"

"我干脆全说了吧。长着她那一副容颜的，在外边恐怕找不到。我敢说，在我以前见到的女人中，那夫人是最标致的。"

"嗯。"时平呻吟般地屏住了呼吸，"那么，据你看来，他们夫妻关系怎么样？和那个老人不大和谐吧？"

"这个么？她倒也有过为自己的不幸身世叹息流泪的时候，不过又说，大纳言殿下是世上少有的好人，很疼她。所以她究竟是个什么心情，实际情况就不清楚了。另外还有个讨人喜欢的公子……"

"孩子有几个？"

"好像只有一个，是个四五岁的小公子……"

"嚄？那就是过了七十生的孩子啰！"

"可真是了不起啊。"

时平刨根问底，平中就问什么答什么，毫不吝啬地把自己所知道的一切告诉时平。可不，回头想来，虽然不知还能不能碰上那么漂亮的人，不过自己已经和她恋爱了一段，不管她是个怎样的对手,她有多大魅力也已经领教过了,做尽了和她的梦,现在虽然不能说对那个女人已没有兴趣,但比起她来,平中觉得还是陌生的女子——还是那接二连三挖空心思不能不煽起他热情的人,对他更有吸引力。平中是这样一种心情。好色之徒的心理,从王朝时代的达官贵人到江户时代花街柳巷的老在行都是一样,对玩过的女人并不是一味回顾拘泥。如果左大臣迷恋,那女人尽可以由他去摆布——平中甚至这样想。加之,瞒过大纳言那样的老好人而行不义,尽管他人不知,自己总觉得有点对不起大纳言。要说偷人家的女人,他本是个惯犯,但见到那可怜巴巴瘦骨嶙峋的老朽得了年轻貌美的娇妻,并对其万般珍爱、心满意足的样子,就感到一种与自己身份不符的怜悯之情。

顺带说一下,大纳言国经和平中之间除这位夫人的关系之外,似乎没有多少直接的深交。不过,某年秋天,因为某些小事,国经派人给平中送信时,平中折了枝院内开放的菊花,跟回信放在一起叫人带回。这件事《平中日记》里有所记载。当时国经接受了花,立即吟出如下的和歌赠之:

几朝沐君恩,
行将就木一老人,
得见花开处,
能不拄杖去赏花,
岂顾龙钟老朽身?

平中的答辞是:

> 秋色染庭院,
> 大驾出行临陋园,
> 蓬荜也生辉,
> 菊花开处花更鲜,
> 馨香扑鼻更娇艳。

这是什么时候的事情,不太清楚。或许是平中觉得自己折了那老翁的"秘藏之花",而带有几分讽刺意味赠送的吧?

二

打那以后，时平在宫中碰到国经，便突然机敏地开始了请安。尽管国经位比他低，但对他来说是伯父辈的年迈之人，对其敬重似乎毫不足怪。但是自从扳倒菅公以来，时平态度的骄横变本加厉，对满朝文武一概趾高气扬，从未把这个伯父放在眼里。可如今不知吹来哪股风，一见到伯父居然笑容可掬起来，而且假惺惺地恭维几句："贵体甚佳，最近没有偶感风寒吧？""请注意勿感冒伤风。"一个寒气逼人的早晨，他见到伯父大纳言的鼻子流着鼻涕，便悄悄凑到近旁提醒："您的鼻涕流出来了。"并小声说道："天冷要多穿些棉衣呀。"

大纳言就像一般年迈人那样，耳朵有点背，反问道："棉……"

"嗯，嗯。"时平独自点着头，说了些老人听不清的话。片刻，老人回到家里，便有人送来了好几大堆雪白的棉花，说是左大臣府上送来的。

"像您这样年近八旬，仍然精神矍铄，红光满面，大有胜过青壮年之势，实在令人钦羡。国有臣如此真乃幸甚。请多自珍重，健康长寿。"使者嘴里说着，放下那些礼物回去了。过了两三天，又派人来，嘴里说着："这样大雪天您是怎样过的呀？知今晚格外寒冷……"毕恭毕敬地捧着衣箱送进来，还说："这是唐土传来之物，说是左大臣先父昭宣公冬日所穿，当今左大臣年龄尚轻，没有机会穿这些，说是替先父赠予伯父大人。"说着放下走了。衣箱里拿出的是华丽的貂裘，至今还亲切地散发着先人们的熏香。

时平其后又连续送了多次礼。有时是绫罗绸缎，有时是从唐朝运过来的多种珍奇香木，有时是葡萄色棣棠花图案的贵人华服——哪次都是找个什么理由，派人送过来。大纳言当然内心千恩万谢，并没有察觉时平别有企图。任何人一到老年，听到年轻人两句好话，就会高兴得飘飘然起来。何况国经生性懦弱，本来就是个好好先生。更何况对方虽然说是侄子，毕竟是天子之身，是要继承昭宣公当摄政关白的显贵，能如此不忘骨肉之情，对一无所长的老朽伯父如此青睐，真是难得。

"还是要长寿啊。"一个晚上，老人把皱纹满面的老脸贴到夫人那丰腴的脸蛋儿上说，"能讨你这样的人为妻，我已经够福气。左大臣那样的贵人，近来对我如此亲切……人何时交何等好运真是难以预料啊！"

老人的额头感觉到了夫人在默默点头，便把脸贴得更紧，双手抱着她的脖颈，长时间抚弄着她的秀发。两三年前都没有这样，可最近老人对夫人的爱法更执拗了。在冬天，每天夜里片刻不离夫人，整个晚上，身体和她贴在一起睡，不留一点空隙。正当此时，又得到左大臣表示好感。由于兴奋不禁多喝几杯，酩酊大醉后上床。所以上床后更是一个劲儿地搂抱她的手脚。另外，这老人的脾气是不喜欢闺房中黑暗，而是要把屋内搞得灯火通明。因为老人感到光用手来爱抚夫人是不能满足的,时常喜欢自己倒退一步,隔着二尺远来端详赞叹她的美貌,为此就要把周围搞得亮亮的。

"不过,我老头子穿什么都不妨事。那些棉衣和锦缎应该给你穿。"

"可是大臣是怕老爷您感冒才送来的……"

总爱低声细语的贵夫人让耳背的老人听清是很费事的,自然对丈夫少言寡语,进卧室以后更是基本不说话。所以这对夫间不大有枕边话,多半是老人独自在那说个没完。而贵夫人要么只是点点头,要么偶尔插上一两句,把嘴贴在他耳边,嘴唇几乎要碰到老人的耳朵。

"哪里哪里。我什么也不需要,一切全献给你……我只要有你这个人就……"

说着,老人把自己的脸从妻子脸上移开,拂去妻子落到额间的秀发,让灯火微微照着她的面孔。这种时候,夫人总感觉到老人那疙疙瘩瘩、歪扭了骨节的手指颤抖着,摸摸她的头发,又摸摸她的脸蛋儿。她闭着眼默默地承受着老人的摆布。她之所以这样,与其说是怕晃眼,倒不如说是为了逃避老人那贪婪的目光。年近八旬的老人又如此热情,要说奇怪也真奇怪。实际上身体如此健壮的这位老人,近一两年来体力也渐渐衰弱,首先在房事上出现了无可争辩的证据。有了自我感觉的老人在闷闷不乐之余,也感到一种莫名的焦躁。不过,他这种闷闷不乐往往不是因为自己没有得到欢娱的满足,而是发自对年轻夫人过意不去的心理……

"哪里。您不必有这种顾虑……"

老人说出心里话,说出自己对她的歉意,夫人常常静静地摇

头,反而可怜起丈夫来。夫人说:

"您上了年纪,那是理所当然的,不必介意。无视生理规律硬来,那才是对您的身体不利呢。还不如好好养身子,多活几年,我也高兴。"

"承你这样说,我太感谢了!"

夫人能用这样的言辞来安慰老人,老人疼爱妻子之心愈加强烈。他注视着又闭上眼睛的夫人的面孔,想的是,这个人心底究竟在想些什么呢?因为这女人生就倾国倾城之貌,却被许配给相差五十多岁的丈夫,看样子她对自己的苦命并没有十分察觉。国经对此感到奇怪,不仅觉得自己好像欺骗了不通世故的妻子,还感到自己的幸福是建筑在牺牲妻子的基础上。国经内心怀着不解,再仔细端详夫人的面孔,更觉得那张脸充满神秘,好像是一个谜。老人想到自己独占了如此瑰宝,世上知道如此尤物的只有自己,连她本人好像都没有清楚地意识到。想到这些,老人禁不住有几分得意,有时甚至感到一种冲动,想向别人炫耀自己有如此娇妻。不过,反过来一想,如果此人真是口心一致——毫不介意性生活的不满足,一心企望老人长命百岁——对这样难得的一片情分,自己何以回报呢?自己今后只是满意地端详这张漂亮的面孔就圆满了,迟早撒手西去,若是让这么年轻的肉体和自己一同腐烂,未免太残忍、太可惜了。当双手紧紧捧着宝贝端详时,更产生一种想法:自己这样的人应早早消失,快点让她自由!

"您怎么了?"她觉得老人盈眶的泪水落到自己的睫毛上,便吃惊地睁开眼睛。

"不,没什么,没什么。"老人自言自语似的说了一句。

又过了几天，在离年关不远的腊月二十，时平又派人送来各种礼物。来人说："大纳言殿下来年又要长一岁，愈来愈近八旬，我们两家有缘，不胜共同恭贺。这些东西是小意思，权当贺礼，请哂纳，迎一个好的新春。"来人还补充传达说，正月初三之前三天内，时平要亲自来府上贺年。他说："大臣说了，自己有这样长寿的伯父，是全家之大幸，他自己一直想和伯父千杯万盏共享快乐，并请教养生之道，使他也能像您一样的健康。但以前一直没有机会，这次一定要于近期了此心愿，新年就是个好机会。他自己深知每年没到府上贺年十分抱歉，这次就从明春开始正式请安，并请求原谅一年来的失礼。左大臣还说，三天之内一定前来打扰，务请应允。"使者说完就回去了。这个口信越发使国经惊喜。实际上，时平到这大纳言家里拜年一事不仅无先例，甚至可以说是史无前例的事。这个好心的青年左大臣，只为对方是同门长辈，就多次对一介老朽馈赠厚礼，这次又使老朽蒙折节造访之殊荣。老实说，闹得国经早就对这左大臣的无限温情无以回报，白天黑夜一直把此事记挂心怀。他也不是没想过：尽管自己家远远赶不上大臣的府邸，但也要请来大驾，设一家宴尽心款待，以表达谢意之万一。只是左大臣位高身贵，来到大纳言寒舍有点不合身份，以为就是邀请也是枉然，反倒授人以笑柄，让人笑自己不懂身份。他正左右为难之时，想不到对方主动提出上门做客。

第二天开始，国经府邸里骤然有了生气，众多的工匠开始进进出出。这是因为到新年没几天了，为了迎接贵客，急忙雇了工匠、园丁，开始修缮殿舍，拾掇庭园。在房内，地板和柱子擦拭得油光锃亮，门窗铺席装修一新，又调整了屏风、几帐的位置，使整个宅邸面目为之一新。管家、老妪指指点点，在这里那里紧张调度，庭前挖走了树木，堵住了池水，还处理掉一部分假山。国经亲临现场，想方设法巧妙地布置树木与山石。在国经来说，真是一生一世的面子，是为晚年增光添彩之事，所以花多少人力财力也在所不惜。

正月初二，左大臣家就来了预告，第二天是初三，华丽夺目的高车驷马长蛇阵进了大纳言府邸。说是不多带人免得兴师动众，还是来了相当多，以右大将定国、式部大辅①菅根为首，允许上殿的四、五、六品官员，三品以上的高官，还有平中也夹在其中。客人们就座是在申时②稍过，开宴不久天就黑了。但那一晚交杯换盏，吆五喝六，宾主双方都醉得很快，这大约是因为使命在身的定国、菅根两人的周旋。不久，时平把脸转向末座，说了句"光喝酒没意思……"，以此为号，一位少纳言取出横笛吹了起来。接着，又有人和着笛声弹起了琴。还有的一边用扇子打拍子一边唱歌。接着，筝、和琴③、琵琶也搬来了。

"老大人老大人，您要先满上……"

"东道主怎能那么放不开量？要这样，我们的酒也要醒了。"

"哪里哪里。太谢谢了……老朽只有千恩万谢……活了八十岁第一次这么高兴……"

醉了的国经带着要哭的声音说了半句，被时平"哈哈哈……"那天生的豁达笑声打断了。

---

① 式部为式部省的略称，在律令制下主管文官的考核选拔俸禄等；大辅，副职中最高者，其下还有少辅、少副等。
② 下午三点到五点。
③ 日本琴，六弦琴。

"那些不去管它啦,咱们倒该再热闹一点!"

"不错,不错!"说着,国经突然大声唱了起来:"劝我酒,我不辞;请君歌,歌莫迟……"①

老人爱读《白氏文集》,乘酒兴这样背诵起来:"洛阳女儿面似花,河南大尹头如雪……"② 这些一出来,说明已颇有醉意了。

国经老来虽然饮酒节量,但本来就天生好饮,一过量就没有边际了。今宵,自己作为东道主请来了贵客,起初心里想着不可失态,尽力装着门面,但心中充满了无法压抑的喜悦,又被客人频频劝酒,不知不觉,紧张的心情也为之松弛,变得兴奋异常。

"哪里。即使头如雪,您旺盛的精力也让人羡慕之至啊!"式部大辅菅根这样说,"我虽然也是老人,过年刚满五十,在老大人面前是孙子辈,不过近来也明显地感到体力不行了。"

"这样说太谢谢了,不过老朽也不行了……"

"你说的不行是什么事不行?"时平问道。

"什么事都不行啦,近两三年来,有的事情尤其不行啦!"

"哈哈哈哈哈!"

"玲珑玲珑奈老何?"③ 老人又吟起了白诗。

两三位公卿轮流起舞。从这时起,酒宴方酣。虽说是春天,但还是春寒料峭的夜晚,唯独这厢热闹非凡,一片欢声笑语。人们都解开了上衣衣襟,脱下一边袖子露出内衣,不再顾忌礼仪,无拘无束地笑闹起来。

---

① 出自白居易《劝我酒》。
② 出处同上。
③ 出自白居易《醉歌》,原文作:"玲珑玲珑奈老何,使君歌了汝更歌。"

四

　　东道主之妻大纳言夫人刚才就一直从帘缝里观察着客厅里的情况。起初，因为围在客人们席后的屏风挡着，不大好观察。不知是故意的，还是出于偶然，随着笑闹程度的加剧，人们忽而站起忽而坐下，那屏风的一边一点点地折了起来，成为斜打开的模样。这样一来，那坐在对面的左大臣的身姿，就几乎进了夫人的视野。尽管是隔着帘子，但左大臣就朝这边坐着，和大纳言夫人斜对着，只隔三四张榻榻米远。他的面前正好放了一盏灯，可以从对面一览无余。或许是由于醉酒，白皙而丰满的脸颊涨得通红，虽然他有不时皱眉头的习惯，显得似乎脾气暴躁，但笑起来颇有魅力，眼角嘴角布满了孩子般的天真无邪。

　　"啊呀，真是仪表堂堂啊……"
　　"人家到底不同凡响啊！"
　　近侍女官们悄悄拉拉她的袖子叹了口气，好像在征求夫人的同感，但夫人用眼神制止了她们，只是把身体紧贴着帘子，好像被吸住了一般。叫她吃惊的是，丈夫国经露出了少有的醉态，衣冠不整地在发出一种含混不清的怪腔；而左大臣看样子醉得也和国经不相上下，只是此人没有像丈夫那样露出不雅之态。大纳言虽然是坐着，但东倒西歪的，两只无神的眼睛不知在看什么；而左大臣仍然正襟危坐，没有因酒醉就失去威容，可是在不断地满着酒，拼命地喝着。在管弦乐曲的间隙里，大家都唱催马乐①，但叫人听来，谁也比不上左大臣的优美嗓音和有板有眼的唱腔。当然，这是夫人及陪她的女官们的感觉，时平是否果真有音乐才能，倒也没有确证的记录。不过，时平的弟弟兼平弹得一手好琵琶，被称为琵琶宫内卿；时平的儿子敦忠也是管弦名手，是个不亚于博雅三位②的大师。联系到这些来看，时平说不定多少有些这方面的天才也未可知，倒未必是妇人们对他的偏爱。

夫人一留心，发现左大臣不时将目光向帘子这边顾盼。起初还有所拘束，偷偷瞄一眼又装得若无其事。酒过三巡后，他的目光便放肆起来，满脸色眯眯的，一副别有意味的表情：

> 一个男子，
> 在我家门口转悠。
> 好像是有因由，
> 好像是有因由。

这是催马乐《我家门》里的一段，左大臣唱着，唱到反复"好像是有因由"这地方，更猛地使一把劲儿，并把如诉如怨的目光放

---

① 平安初期将日本歌谣用唐乐曲调演唱的歌曲，用风俗歌与民歌的歌词谱成，用笙、琵琶等伴奏。
② 源博雅（918—980），平安中期著名雅乐家，官职最高达到从三位，故称为博雅三位。

肆地直射帘子后。夫人刚才还半信半疑左大臣是否知道自己在偷偷看他，现在已毫无疑问，想到这，她感到脸上一阵发烫。既然左大臣衣服上的熏香已浓郁地传到了帘内，那么自己衣服上的熏香也一定传到了左大臣身旁。说不定，屏风被折起来就是左大臣授意哪个人干的哩。是否如此？你看那左大臣是千方百计要看到帘内夫人的面孔，正不断瞪大了那双追逐的眼睛。

　　夫人早已注意到离左大臣席位很远的末席，还有一个男子的目光也在偷偷注意帘内，那当然是平中。女官们当然已察觉到了这一点，只是此时此地顾虑夫人的面子，才没有谈起这风雅的男子，只在内心把他和左大臣比较，品评哪一位更算是美男子。夫人还记得，她曾在昏暗的闺房灯火摇曳之中，瞒着丈夫大纳言，一任这男子拥抱自己。而在这亮堂堂的宴席上见他与高官显贵为伍，还是第一次。不过，那么风雅的平中，在此席间也完全被时平的堂堂仪表压倒，显得干干瘪瘪，早已没有了在阑灯锦帐里的魅力，倒是判若两人了。而且，今夜所有的人都不拘礼节在笑闹，可不知为啥，唯独平中独自发蔫，表现出一副对自己来说酒一点也不香的态度。

　　时平注意到这一点，从隔着老远的席上喊道："兵卫佐阁下，你今天有点莫名其妙地发蔫嘛！有什么隐情吗？"时平脸上浮现出恶作剧的孩子那种不怀好意的微笑。

　　平中侧眼看着，有点难为情，但还是勉强装出苦笑说道：

　　"哪里。没有的事……"

　　"不过真怪呀，酒怎么一点也没喝？喝呀，喝呀！"

　　"已经喝了不少啦。"

　　"那么，就给我们说一个拿手的荤段子吧！"

"别……别开玩笑……"

"哈哈哈,怎么样?诸位。"时平环视满座,指着平中,"这位讲荤段子颇为拿手,叫他来一个好不好?"

"好!好!"

"洗耳恭听!"

大家拍着手,平中却又羞又急,弄得差点哭出来了,频频摇头:"饶了我吧,饶了我吧!"

时平的不怀好意更加露骨,进一步要挟道:"平素总是给我讲,为什么在这个席上不能讲?是怕有的人听见不好办吧?实在不讲,我要揭发啦!我把你上次讲的在席上代为披露如何?"平中简直要哭了,恨不得跪地央求:"饶了我,饶了我吧!"

夜已经很深,还看不出晚宴何时能完,荒唐的嬉闹更热闹了,左大臣唱起了催马乐《我的小马》:

待乳山,
等我的人儿好心焦,
快快去到伊人旁。
啊!
快快去到伊人旁。

到最后,竟踮起脚尖向帘子里频送秋波。接着不知是谁又唱起了《东屋》和《我家》的歌词:"快把门儿开呀,我呀,是活汉子妻。""熘鲍鱼,炒蝶螺,要么给你做海胆……""哩根隆滴咚……"后面就是大家各自为政地胡唱,谁也不去听别人的了。

国经的失态更甚。虽然是坐着，却在硬撑着支起那就要倒下来的上半身，说道：

"玲珑玲珑奈老何？"

嘴里嘟嘟囔囔着那个诗句。不管谁到了身旁，都要热泪纵横地抓住他：

"老朽只有高兴……像这么高兴，八十年来……"

尽管如此，叫人佩服的是他依旧没有忘记东道主的使命，左大臣表示谢意准备回府时，他叫人拿来了事先备好的礼物，一把筝，另外还牵来两匹好马，一匹白栗毛，一匹黑鹿毛。这时，左大臣跌跌撞撞地站了起来，国经赶紧说：

"大人大人，对不起，您脚跟不稳叫人不放心。"

国经自己也悬悬乎乎地站了起来："把车拉到这边来吧！"命人把时平的车子推到屋檐下。

"哈哈哈。看起来我没事，您倒是酩酊大醉啦！"

时平这样说着，也是醉得七颠八倒。车子已紧贴着栏杆，但看样子他连过去也困难了，只迈出两三步便啪地跌了个屁股蹲儿。

"呀！这可不行……"

"唉呀呀！醉成这样可……"

"没关系，没关系。"时平说着刚站起来，又马上跌了个屁股蹲儿，"啊呀！我这可是丑态出尽。"

"这样您可是没法乘车呀！"定国说。

菅根马上附和："可不是，不如再呆一下，干脆等酒醒了再回去吧？"

"不行，不行！呆太久了不是给主人添麻烦吗？"

"这是什么话！虽然我这里肮肮脏脏，要是不嫌弃，可以从从容容，愿呆多久呆多久！"

不知不觉，国经已经紧贴时平的身体，几乎要拉着他的手来挽留了。

"大人，大人，老朽我今天要硬留您啦！就是说要回，我也决不放您回去啦！"

"嗬嗬，你是说可以长呆了？"

"岂止是可以呀！"

"不过，既然留我，就得再特别款待一下啰！"这时时平的语调突然变了。在国经看来，时平的脸色由方才还带着红润变得苍白，嘴唇还神经质地颤动着。

"今宵承老大人办了尽善尽美的宴席款待，而且又承蒙馈赠了上好礼物。不过恕我直言，这些还不足以留住本大臣啊。"

"您那样说，真叫人无地自容。倾老朽之所有，这已是竭尽全力了……"

"您说这已是竭尽全力，恕我无礼，光拿出一把筝和两匹马，礼品还太轻了。"

"这么说，您一定另外还希望要点什么啰？"

"这，我不说，你也会心里有数。呀，老人家，可别那么舍不得呀！"

"舍不得就说远了，老朽我惟思回报知遇之恩，只要您喜欢，任何东西都可以拱手相与！"

"任何东西……都可以吗？哈哈哈……"时平后仰着身子，倒像有点不好意思似的，又豪放地笑了一通，之后说道，"那我可要说出来了？"

"请，请！"

"如果真是像您嘴里所说那样，要感谢我对您的知遇之恩……"

"对，对。"

"啊哈哈……尽管我有些醉意，神魂颠倒，但下面的话还是难以启齿。"

"不必如此，但说无妨！"

"那就是我的公馆里自不必说，就是雍容华贵的宫中也没有，唯独老人家府上有的东西……对老人家来说，比生命还宝贵、用天用地都换不到的东西，什么筝、什么马，都与之无法相比的东西……"

"那种东西，我老朽家里有吗？"

"有，只有一个。来吧，老人家，把那个作为礼品赠给我吧！"时平看定老人惊愕的眼睛，"来吧，把那个给我吧！以此来证明您不是舍不得。"

"哦？证明不是舍不得？"

不知国经心中是怎么想的，把此话重复了一遍，紧接着，走进围在坐席后的屏风，飞快地把它推叠在一起，又把手伸进帘子空隙中，一把抓住藏在里边的人的和服袖子：

"左大臣大人，请看，比老朽生命还宝贵的、用天用地都换不来的、胜过一切的宝物，在老朽家以外无处可寻的宝物，就是这个……"

刚才还烂醉如泥的国经，好像突然被施了还魂术一般，一下站得腰板笔直。话语也由含混不清变得爽爽快快，语句铿锵。只是在那睁大的眼睛里充满了发狂一般的异样的光。

"大人，为证明我不是舍不得，现在把这个作为礼品相赠，请笑纳！"

时平等满座公卿一言不发，都为眼前出现的意外场面弄得如醉如痴。起初国经将手伸进帘中，帘子的中部便凸起来，露出了一个和服袖口，紫色、红梅色、淡红梅色，在灯光下显得五彩缤纷，那是夫人身穿衣服的一部分从帘中的空隙露出的光景，宛若万花筒里耀眼的色彩，变幻得叫人眼花缭乱，又像大朵的罂粟花或牡丹花瓣，在帘子的缝隙中晃动。接着，一朵真人大的锦簇花团终于露出了半身，但仍被国经抓住袖子安静了片刻，似乎在忸怩作态，不想更多地显露姿容。国经从容不迫地把手围在她肩上，抱住她，要把她拉到客人这边。可这样一来，那人却更要藏身于帘内。因为她用扇子遮着面孔，无法观察其眉眼，就连拿扇的指尖也隐在袖中，外面只能看到披在双肩的秀发。

"嗷！"时平叫了一声，像刚刚从美梦中惊醒一般，倏然走进珠帘，甩开了大纳言的手，一把抓过女人的袖子，说道："老大人，这件礼物我可真要领受啦！这样，今晚才没有白来。从心底感谢您！"

"啊！举世无双的宝物这才适得其所。老朽我倒该向你拜谢！"

国经给时平让了座，然后自己走到屏风这边，对茫然观望着事态发展的公卿贵族们说道：

"列位，喂，列位！你们已经没事了吧。就是等着，大臣也不一定很快就走，请自便吧。"说着，展开了已经叠起的屏风，把珠帘前面围了起来。

客人们为接二连三的奇事弄得目瞪口呆，所以听到主人的逐客令也不见动弹，只是一脸狐疑，弄不清主人那过度兴奋的面孔是喜是悲。

"请退席吧。"

主人再次催促，人群才出现一片骚动，不过，痛痛快快离席的还是寥寥无几。大部分人快快地站起来，却一脸狐疑，面面相觑，走出几步又站住，或是躲进柱子或门后，似乎非要看到事情的结局。

这些人充满好奇的视线不约而同地注视着被屏风围住的珠帘方向时，屏风里的情形又是如何呢？国经把那女人的衣袖交给时平后，便隐退别处。时平心领神会，默默地把她的袖子拉向自己，并且学着刚才国经做的，也把上半身伸进帘里，从后面抱住那个锦簇花团。这时，刚才在屏风处闻到的那种幽香扑鼻而来。那女人直到此时，仍然以扇遮脸。

"请勿见怪，你已经是我的人了，请让我一睹芳容吧。"

说着，时平轻轻抓住她的手，那手颤颤发抖，把扇子置于膝部。因为帘内没有灯火，盛宴的油灯灯花闪烁着，远远地透过屏风映过来。当时平知道在昏暗中散发出幽香的正是自己第一次要接触的女人面容时，他对自己的计划能如此巧妙地施行到这步，感到一种无以言状的快意。

"来吧，跟我一起打道回府吧。"

他猛地拉住那女人的胳膊，搭到自己的肩上。那女人虽然被强行拉着，也确乎表现出游移，不过只是忸怩地稍稍推托了一下，不久便痛痛快快地起身走路了。

屏风外的人们，本以为左大臣不会很快出来，现在看他即刻肩扛着一个偌大的花团锦簇，把衣服弄得哗哗作响地走出来，又是一阵吃惊。仔细一看，左大臣肩上是一位贵妇人，一定是被这个府邸主人称为"宝物"的女人。她右臂搭在左大臣右肩上，面部深深地埋在左大臣的后背上，软不拉塌，不像个活人，但又是在用自己的脚走路。刚才从帘内露出的五彩缤纷的衣袖和衣襟与那拖地的长发纠缠在一起，在地板上拖着行走。左大臣的衣服和她的五衣①连成一体，刷刷地响着走下台阶。人们很快地让开了一条道。

"老大人，那么，我就受领回府了！"

"好。"国经惶恐地点了下头，又马上站起来喊道，"车子，车子！"自己率先走下台阶，两手高高地打起车帘。时平扛着那又重又美的物件，累得气喘吁吁地走到车旁，在下人们手里火把的摇曳火光中，在定国、营根等人的协助下，总算从两侧众星捧月般地把这偌大的物件送进车中。国经放下车帘时，只说了一句：

"别把我忘了！"

偏巧车内一片漆黑，她的脸已看不见，国经正想着她至少得和我道个别，时平已坐上车，把大纳言眼前堵得什么也看不见了。

这时，也就是继夫人之后时平上了车的时候，夫人衣服的拖地下摆从帘中露出来垂在地上，有人在纷乱之中走过来给拾起，塞进车中。恐怕没有人发觉这人就是平中。那一晚，平中在席间如坐针毡，曾退了一会儿席，或许是不忍目睹自己往昔的情人被时平强行拉走吧，随手在陆奥纸上信笔疾书：

---

① 平安时代女性贵族的正礼装。

默默在深山,
岩上松下杜鹃花,
无人相知妍;
恋人无语更相思,
思念之切肝肠断。

然后叠成小条,突然出现在左大臣的车旁,在送回夫人的衣服下摆时,神不知鬼不觉地将纸片插入夫人的衣袖之中了。

五

　　时平的车载着大纳言夫人，带着众随从离去之后，国经的意识已有几分清醒。然而当车影消失后，或许是紧张的神经一下子松弛了，酒醉开始发作。他精疲力竭地倒在了勾栏之下。正当他躺在板条式的地板上行将入睡时，女官们把他扶起送到卧房，为他宽衣解带，把他安置进被窝，并为他枕上枕头。而他本人对一切一无所知，就这样沉沉睡去。不知过了多少时辰，他感到领口有点冷，不知哪来的风吹进了垫被中，一睁眼，天已近破晓，卧房已经发亮。国经打了个寒战，心里想着今早为什么这么冷啊？自己睡在何处？这里难道和自己平时的卧处不同吗？他打量一下四周，目光所及的纱帐、垫被以及它们沁出的幽香，这一切都说明这里是和自己朝夕相伴的卧房，毋容置疑。不过，唯一和平素不同的是，今晨自己是孤零零地睡在这里。他也和别的上了年纪的人一样醒得早，平素总是边听着破晓的鸡啼，边在像今晨这种微暗的亮光中，端详尚在熟睡的妻子的容颜。而今晨，在应有这张脸的地方已人去枕空，而且更重要的是，平素他总是将身子紧紧贴着夫人，你搂我抱，身体合二为一地睡着。可今晨，领口、腋下等四处都出现空隙，风飕飕吹进被窝，难怪感到冷了……

为什么唯独今天，她没有被自己搂在怀中？她到哪里去了？国经想到这，某种奇怪的幻影萦绕在脑中，它渐次清晰起来，随着晨光之熹微，他感到那幻影也越来越轮廓分明地浮现出来。他竭力要把那幻影想做一场酩酊之余的噩梦，然而，冷静地一一忆起昨晚的事，并加以品味，就认识到那不是梦而是事实。

"赞岐……"

国经召唤应住在旁边房间的老妪。这个人过去曾做过夫人的奶母，四十多岁，曾是赞岐介之妻，随其赴任期间丈夫死了，来投靠夫人，近几年来在大纳言家伺候。对大纳言来说，年轻的夫人同自己的女儿一样，由此，他总是把这女人当成那姑娘的母亲看待，夫妇间的事自不必说，就是家里诸事也都和这女人商量。

"您已经醒了吗？"赞岐在卧榻之前毕恭毕敬地问道。国经把脸埋在睡衣的领子里，只是不痛快地"嗯"了一声。

"感觉怎么样？"

"头痛，心口恶心，我好像醉了一夜……"

"要不要我去给您拿些药来？"

"昨晚好像喝多了，到底喝了多少呢？"

"啊呀，到底喝了多少……真没见过您醉成那样。"

"是吗？醉得那么厉害吗？"国经露出脸，叫了一声"赞岐"，语调有点变了，"今早一醒，我一个人睡着……"

"是的。"

"这是怎么回事？夫人哪里去了？"

"是……"

"什么是不是，究竟怎么回事儿……"

"昨晚的事您不记得了吗？"

"现在我一点点想起来了……夫人已不在这个府邸了吧……这难道真的不是梦吗……左大臣要回府时被我强留住，这时，左大臣说光是什么筝呀马呀不够，要拿出更好的礼物，别吝啬！于是，我便把比我命还重要的人，当礼物送给他了……那真的不是梦吗？"

"真是梦倒好了……"

突然响起一阵抽泣，国经抬头一看，赞岐正以袖掩面，一动不动地低着头。

"这么说，真的不是梦……"

"恕我直言，就是醉得再凶，怎么能干出那样的蠢事来呢……"

"不要那样说了，事到如今已经无可挽回了。"

"可是，那个被称为左大臣的人，真能干出夺人之妻的事情吗？昨夜的事莫不是开玩笑？今早会不会给送回来呀？"

"但愿如此，不过……"

"要不要派人去接……"

"那怎么行……"国经又一次用睡衣蒙上头，用听不大清的混浊声音说，"好了。你走吧。"

现在想来，这件事确实是有所记忆的。这固然是类乎疯狂的举动，然而关于做出这种事的心理，自己也不是不能解释。自己一定是把昨夜的飨宴看成是报答左大臣平素知遇之恩的极好机会，而竭尽全力地款待他。但自己毕竟力不从心，无论如何不能招待得左大臣满意，对此自己心中真是满怀羞愧和懊丧，举办这么寒酸的宴会实在对不起左大臣，有什么能叫他更高兴的东西呢？自己正怀着这种心情的当口儿，被左大臣那样一说，甚至被激："不要舍不得！"这才话赶话儿答道：只要左大臣要的，什么都在所不惜。而左大臣也没有叫自己猜谜，他想要的是什么，自己也大致心中有数。昨晚左大臣的眼睛始终没有离开过珠帘里边，起先还有所顾忌，渐渐放肆起来，最后竟当着身为丈夫的自己的面，站起来向帘内频送秋波……自己虽已老朽血行不良，但对此种光景岂能视而不见……

国经将自己的记忆搜索到这里，想到自己昨夜的感情是被一般微妙的风所左右了。因为自己眼睁睁地看着时平那种露骨的行动，不但对其无礼没有感到不快，反倒感到几分快意……

为什么快意……为什么不感到嫉妒却反感快意……自己曾以那位世间罕见的美人为妻视作最大的幸福。不过，说老实话，又对世间不了解这一点感到某些不足。自己总是想向别人炫耀自己这种幸福，让别人羡慕。因此，当看到左大臣馋涎欲滴地向帘内频送秋波时，反而感到大大的满足。自己已老朽至此，官位将以正三位大纳言告终，然而自己拥有着那样年轻美男子左大臣都没有的东西，恐怕就连帝王后宫中也不会有此等尤物。这样想着，感到一种说不出的自豪，由此才感到高兴的……不过，如果光是如此，那是可以公开对人言并使其理解的。然而，实际上自己内心还有另一种感情。那就是近两三年来，自己生理上正在失去做丈夫的资格，如不替夫人想想，长此下去是对不起妻子的——这种感情变得很强烈。自己感到幸福的另一方面，越来越强烈地感到摊上自己这样老朽丈夫的女人之不幸。当然，世上苦命的女子无计其数，对这些人都一一加以怜悯，那是没完没了的。然而，对方并不是普通女子。以她的容貌和仪态，不要说当左大臣夫人，就是帝后皇妃也当得起。这样的人居然成了失去性生活能力的老翁的伴侣。当初，自己竭力对她的不幸装作视而不见，但随着对她的完美无瑕和非同凡响的理解日益深刻，则不能不反思这样的老朽独占如此尤物的罪孽。自己倒是觉得，自己是天下第一幸运者，但妻子会怎么想呢？自己对她再体贴，再疼爱，在妻子说来，只能在内心感到为难，而绝不会有什么稀罕。妻子，是对什么都不正面回答的人，无从了解其内心世界，但说不定她心里在怨恨咒骂老而不死的丈夫，巴不得这老头子早些入土哩……随着自己对这些的察觉，他开始盘算，要是有合适的主儿，能把可怜的人儿救出苦海，并能使她真正幸福，那自己可以主动将她拱手相让，而且也应该相让。自己已经是风烛残年，没有几天活头儿了，她迟早会迎来丈夫撒手西去的命运。不过一想到她的青春美貌有限以及红颜毕竟也会迎来衰老的命运，便想，只要是为了她，早日能那样更好。与其让她等自己死，莫如就当自己已经死了，还她后半生幸福。正像一个人死后把心爱的人抛在世上，在九泉之下还在注视那人将来一样，自己虽然活着，但其心情是虽生犹死。这样办，她也就会理解这老人的爱是何等富有献身精神。唯独在那个破晓，她才会向老人深掬一把感激之泪。她将会以朝故人之墓拜叩的心情，感激涕零：他待我真好，真是个可怜的老人。自己则隐居在她看不见的地方，遥望她的泪水，聆听她的声音，以此度完残生。自己这样做，比受到心上人的怨恨和诅咒，不知要幸福多少倍……

昨天晚上，在目睹左大臣那种执拗的行动过程中，自己感到平素心中的种种冲动都随酒醉一起涌了出来。此人果真如此钟情于自己的妻子吗？倘是如此，自己素日的梦想或许有可能实现。如果自己真心要把那计划付诸实施，现在则是绝好的机会。只有他，才是具有这种资格的人。官位、才能、容貌、年龄，从各方面看来，只有他才能配得上自己的妻子。自己觉得，他是可以真正使她幸福的。

正当自己心里萌生出那种念头，恰好左大臣又如此积极地登了场，自己当然没什么说的。自己和左大臣的愿望不谋而合，对此自己也很感激。想到此举一石二鸟，既可报左大臣之恩，又可弥补对心爱者的负疚，自己真是兴奋到了极点。所以，才在刹那间采取了行动……在那刹那间，也不是没听到这类悄言细语：你这样做行吗？就算是报恩，是不是也大度得过分了？……趁着酒兴干出意想不到的事，酒醒以后你会追悔莫及……你为所爱的人献身倒也可以，但你受得了她走后的孤独吗？不过，当时他想，管它三七二十一，既然自己认为此行乃善举可信无疑，就是趁着酒兴也应该当机立断；既已准备当个活死人，还怕哪门子孤独？……就这样，他硬撑着自嘲懦弱，他终于把她的衣袖拱手交给了左大臣……

眼下，国经虽然详尽地挖掘出昨夜自己行动的动机，但他忧郁的心情并没有丝毫为之缓解。他默默地把脸埋在被子里，沉浸在一种深深的悔恨中。啊，我干了多么轻率的事情啊……就算是报恩，有把自己爱妻拱手让人的糊涂虫吗？……这种事被外间知道，只能是贻笑大方……便是左大臣，恐怕也不会感谢自己，反倒要暗中嘲弄。而她，恐怕也不会理解自己发自狂热的爱的行动，反倒要怨恨自己的薄情……说真的，左大臣那样的人要找娇妻美妾，可以说要多少有多少，而自己一旦失去她，有谁会到这样的家里来呢？想到这里他才明白,唯独自己才最需要她,自己就是死也不应对其撒手……昨晚一时冲动,以为孤独并不可怕,可今晨醒来,仅几个时辰就如此难熬,如果今后这种寂寞继续下去,那又如何忍受得了呢?……想到这里,他热泪滂沱了。俗话说,老来变小孩。年逾八旬的大纳言,真想像孩子喊娘般地大哭大嚎一场。

六

　　被人夺妻的国经，在思恋、绝望的煎熬中又活过了三年半岁月，这在后文中讲到滋干时当有详述。话分两头，这里我们先表表那天夜里往车子里塞恋歌字条的平中。

　　平中也不得不品尝了与国经类似的苦果，尽管程度上有所差别。夺妻事件的起因，本是去年冬季的一天晚上，他到时平府邸请安时，因为左大臣向他打听有关那位夫人的各种情况，他一时疏忽，才得意忘形地开始了饶舌。想到这，他恨不起别人，只恨自己太傻。因为他有个毛病，当自己为自己是当代情场头名骁将而自我陶醉时，往往忘乎所以地飘飘然起来。而时平屡屡针对他这个弱点，巧设机关使他自白。尽管如此，如果当时能预想到时平到头来会有如此暴行，他是不会那样信口开河的。当然，他当时也有些担心，考虑到精于此道、不可等闲视之的时平听说了那位夫人的美色，也许会有什么恶作剧之类的行为。但又转念一想，不像自己官职卑微，时平毕竟是朝廷重臣，不会随随便便地夜间出游，潜入民宅，爬进哪位夫人的闺房的。在这个问题上，还是他这个小小的兵卫佐更方便痛快，于是便放下心来，而完全没有想到时平会那等寡廉鲜耻，居然在大庭广众之下，堂而皇之地掠人之妻。在平中看来，夫妻双方分别瞒着对方和情人幽会冒险，悄然在幽会中品尝那种担惊受怕的快乐，这里才有恋爱的真正乐趣。而依权仗势夺人之美，那是庸俗愚蠢，没有意思的，根本不值得引以为荣。左大臣的做法不仅是蹂躏他人体面和世间定俗的一种自私行为，而且，也是在情场上置同伴仁义于不顾的做法，应该说是失去了猎艳者的资格。思路及此，感到心中留下了某些块垒。本来，平素他作为一个招风的男子，尽管有些懒惰，却待人和气，潇洒怡然，不拘小节。而这次他却一反常态，竟对时平所作所为感到义愤填膺。

本来，他对那位夫人一往情深，并非是一般风月场上的逢场作戏。所以，如果当初一任感情发展下去，关系或许会持续至今。然而，对于那位好好先生大纳言，他反倒不太合自己秉性地产生一种怜悯之情，不想再继续对他犯罪了，这才疏远了那位夫人，时平当然不知就里。尽管这样，平中还是觉得自己的一片心意被时平断送了；再者，平中所谓的对大纳言犯罪，无非是私下和大纳言之妻相好，偶尔幽会几个时辰罢了。而时平呢，则仅仅对大纳言略施小恩小惠，把那老人弄得神魂颠倒，于是乎竟把老人的命根子巧取豪夺据为己有。显然，平中和时平谁对老人更残忍不言自明。平中的受害仅仅是自己昔日的情人被抢到自己力所不及的贵人之手，而感到一种无以发泄的愤懑；而大纳言的灾祸就远远不这么简单了。加之，陷老大纳言罹此祸灾的起因，正是平中对时平的无聊饶舌。陷老人于不幸的元凶正是自己，而老人对此还蒙在鼓里。平中一想到这些，便不知如何来向老大纳言致歉了。

不过，人都是自私的。平中明明知道老人要比自己可怜多少倍，但总觉得自己所受的愚弄比任何人都大，而感到耿耿于怀。因为上述原因自己和那女人疏远，并对她失去兴趣，但老实说，并不是在心底完全把她忘怀了。更确切地说，是基本上忘了，但一经清楚时平对其抱有明显的好奇心后，一度失去的兴趣居然猛烈地复苏了。自从去年那个夜晚以来，他总是以某种忐忑不安的心情，注视着时平开始接近伯父大纳言，并不断向他讨好。他不清楚时平心里打的什么主意，暗中猜测着时平的企图，密切注视着事态的发展。这个当口儿，时平主动提出去国经家赴宴，自己也受命随行前往。

那个夜晚，平中或许被鬼使神差，预感到要出什么事，所以从开头就无精打采。他影影绰绰地感到左大臣叫自己随行赴宴必有其因。而宴席一开始便交杯换盏，热闹非常，左大臣和其喽啰，一齐上前把老翁灌醉。左大臣一面向珠帘内频送秋波，一面又抓住平中一顿揶揄，使平中的不安心理有增无减。当他看到时平像个顽童一般，双目炯炯，满面赤红，醉醺醺地叫啊，唱啊，笑啊，便越来越感到一种更大的危险正在向帘中人逼近。与此同时，他觉得昔日的恋情以当初那种火辣辣的势头，复苏了。而当时平闯入帘中时，平中如坐针毡，慌忙退席，但不一会儿，夫人被弄到车上就要被带走，看到这个态势，平中再也无法自持，便又来到车旁，不顾一切地向车中投入了自己的情书。

那天夜晚，平中夹杂在卫士之中，跟着车又回到左大臣府邸，深夜从那里孤零零地回家。途中，他每走一步，对夫人的思恋便增加一分。当左大臣的行列到了府邸，她下车时，平中是多么想再看她一眼。然而，这个愿望终于没能实现，她早已和自己咫尺天涯。一想到这，对她的爱恋之情更加燃起。自己难道对她如此倾心吗？

自己对她的情意因何如此地缠绵不断呢？他不能不对自己感到惊诧。或许是因为夫人成了他可望而不可即的高枝上的花，平中的恋情才被重新激起的吧。也就是说，当夫人作老大纳言妻子时，自己可以随时重修旧好，而现在已形同陌路，那种可能已不复存在——为此而产生的怅然之情，也不能不说是原因之一。

附带提一句，前边所述平中的恋歌，作为"作者不详"的和歌，收在《古今集》里，"花不言"在原文中为"相思忆"；另外，《十训抄》①里写着这首歌的作者为国经，其文曰：

> 时平公乃骄横恣肆之人，巧设机关攫其伯父妻室在原栋梁之女为己有，是为敦忠卿之母。国经卿悲苦交加，然碍于声名，力未从心耳。据信此歌乃当时国经卿所作：
> 每每忆佳人，
> 岩上杜鹃花不言，
> 思念情更切，
> 脉脉不得用言表，
> 相思相恋情更切。

诚然，作为一首和歌，后者格调更高雅。而且，将此看成国经老人所作，则哀伤更甚。提出这种议论，本已越出本篇小说的范畴，姑且认为两说都可通融吧。只是正如上文所说，时平以豪夺为目的带走了大纳言夫人在原氏。所以，次日早晨，他当然不可能将

---

① 镰仓中期的教训故事集，编者不详，成书于1252年。

夫人送还大纳言寓所。岂但如此，还在事先备好的金屋藏娇纳美，百般宠爱，乃至于次年使其生出后来是中纳言的敦忠。世人遂对该夫人刮目以待，称其为"本院夫人"。性情懦弱的国经，眼睁睁地看着这些无可奈何，按《今昔物语》的叙述，他"妒悔交织，悲恋掺半，于人前佯作此举出自本心，实则内心仍无限思恋，遗恨绵绵"，忧郁无以排遣而苦度时光。而平中尚不能死心，居然胆大包天地伺机纠缠当今左大臣之妻。《后撰集》①卷十一《恋三》里，记载着：

窃挑逗大纳言国经朝臣之妻室，将其勾引到手之际，此女却易主被迎入（追认）太政大臣（时平）府邸为室，乃至通文字弗能，遂诱本院西房嬉戏之五龄童子，书和歌于其腕臂，令其示母。和歌曰：

> 含悲忆往昔，
> 信誓旦旦犹在耳，
> 忍泪看今夕，
> 咫尺天涯两分离，
> 离恨绵绵无终期。

这首和歌就是最好的证据。这首和歌后便还见得到一首作为唱和的作者不详的和歌，值得注目：

---

① 《后撰和歌集》的略称，成书于十世纪中期，是村上天皇钦命编纂的敕撰和歌集，共二十卷，一千四百二十五首。

> 白日梦朦胧，
> 海誓山盟清醒时？
> 梦中实难定，
> 疑把自家作他人，
> 混混沌沌理不清。

不难想象，因为有和国经、平中的一段姻缘和情缘，时平对新夫人左右防范甚严，使一般人极难与其接近。但平中居然能躲过警戒的眼睛，使幼童就范，成功地为他传递了情歌。关于这个幼童，在《十训抄》中写道："她的公子年方五岁光景"；《世继物语》里也写道："写在公子两腕上"。这公子便是在原氏夫人和国经之间所生男孩，日后的少将滋干；或许只有此儿，在其母被带到本院府邸后，仍被允许由乳母陪同自由出入吧，抑或是对他加以通融了。机敏的平中也许早已注意到这一点，巧妙地巴结上此儿。某一天，正当此儿来到本院府邸，在其母所居寝殿的西屋玩耍时，故意凑上去，不失时机地委托他传信的吧。仅由此点，也大致可推知，平中是千方百计地要接近那女人，只要得空，便要在那一带徘徊。写到少年手腕上，不知是因为太急，身上没带纸？还是怕用纸写丢失？夫人读了昔日情人写在孩子手腕上的和歌，哭得很厉害，但一会儿便把它擦去，把"白日梦朦胧"这首答歌同样写在孩子手腕上，打发孩子去给那人看，而自己则慌张地躲进了屏风。

看样子，平中用这种办法，不止一两次地托孩子传信给当时显赫一时的左大臣夫人。《大和物语》还传下来另外一首和歌：

未来吉凶全未卜，
茫然懵懂我不知，
卿可曾记否？
海誓山盟昔日情，
一朝忆起钻心痛。

夫人看样子对此歌也唱和过，不巧没有留下来。但是，虽然可以互通情愫，却不能允许谋面。对此，就连如此执拗的平中也似乎渐渐绝望而撒手了。不久，和该夫人的关系即告断绝。而这样一来，这个好色之徒的心，自然而然又倾向到以前的另一个情人——本院侍从身上去了。这位本院侍从也是左大臣家的女官，也在本院府邸。所以，一看夫人那边已无一线希望，平中不愿就此罢手，恐怕想到，如果不趁此机会把一个本来自己也并不讨厌的女子弄到手，自己就太丢脸了。而恼人的是，这位本院侍从本来就不是省油的灯，到了现在就更不可能被平中征服。倘若当初，平中被捉弄后，热劲不减继续穷追到底，一定会因为考验的合格而得到她的许诺。但因平中中途改弦易辙，使对方恼羞成怒，愈加乖张，对平中睬也不睬。

一个情人被人夺走，另一个情人则给他碰了一鼻子灰。这对情场骁将平中来说，打击甚大，他甚至想向这位本院侍从哭鼻子道歉。这些繁琐的情节这里就不再赘述了。读者可以适当想象那位自尊心极强、以整男人为趣的本院侍从，将会对平中施以与以前一样乃至比以前苛刻几倍的考验；也可以适当想象平中坚忍地接受了她的种种考验，千方百计满足她的虚荣心，而终于如愿以偿的复杂情节。然而，当平中如愿以偿，达到和思慕已久的女人幽会的程度后，那位捉弄人成性的女人却不改旧习，动辄想出别出心裁的花样来玩弄平中，而在男人没达到目的快快离去后，她或暗中窃笑，或作鬼脸以表快意。这样的情况，三次中至少有一次。这样一来，到头来把平中也搞生气了。他骂道：妈的，见鬼去吧，我要被捉弄到几时？对那种女人怎能不斩断情丝？他几度痛下决心，又几度在诱惑下失败，就这样反复多次。那《今昔物语》《宇治拾遗物语》①里有名的轶闻，多半是发生在当时吧。据说这个轶闻在已故芥川龙之介先生的著作②中也有介绍，估计大多数读者已经知晓，现在为没读过那些的读者介绍一下大意，使之略知一二。

说的是平中心里琢磨着，一定要千方百计找出本院侍从的毛病来。她再标致得无懈可击，也无非是个普通人，如看到了她是普通人的证据，自己就会从迷津中猛醒而对其不齿。想来想去想出这么个点子：不管她外表是怎样如花似玉，体内的排泄物总和我们一样，是污秽物吧？只要找到她的"便盒"，把里面的货色拿给她看看，自己就会想到：那等漂亮的面孔也会屙出如此污秽的东西。这样，自己便会对她厌恶了。

顺便提一句，笔者并不知道当时的"便盒"为何物。在《今昔物语》中只是写着"便器"；而在《宇治拾遗物语》中则写着"皮笼"。这东西是一般皮子做的盒子吧？总之，那些有地位的女官是在便器中解手，并时常叫使女们去倒掉。于是，平中便来到那间独立的房屋附近，躲在暗处，单等倒便盒的人出来。有一天，一个年

---

① 日本古代话本集，分为上下两卷，编者不详。共有一百九十七个故事，故事佛教色彩较浓，富有文学价值，约成书于十三世纪初叶。
② 指芥川龙之介短篇小说《好色》，其构思和场景均忠实采用了《今昔物语集》卷三里的"平定文假借本院侍从语第一"。

方十七八岁,长得很撩人、头发长度仅比贴身上衣短两三寸的姑娘,身穿外红、里子淡紫色的夏衣,胡乱地卷起了裤裙,把那个便盒用熏过香的布包着,用红纸扇遮掩着走了出来。平中便悄悄跟在后面,等她来到僻静处,便突然跑上去,把手按在那便盒上。

"哎!你要干什么?"

"我想稍稍……"

"哎!这是,您……"

"得啦,我知道,你先交给我。"

趁着那姑娘发呆,平中飞快地抢下那便盒,一溜烟地跑了。

平中把那东西视作宝贝般地袖在袖中,逃回家去。然后把自己关到一间屋子里,看清附近确实没人后,先是毕恭毕敬地把那物件摆在客厅,然后翻来覆去地端详。一想到这就是装着自己倾心的女人之污物的器皿,便感到马上打开有点可惜。再仔细一看,并非一般皮笼,而是涂着金漆的漂亮便盒。他把它重新拿在手中,举上举下,左右摇晃,还掂量一下里边的分量,然后小心翼翼地把盖子揭开。顿时,一股类似丁香花的郁香扑鼻而来。他诧异地往盒子里一看,只见底部深黄色的液体已有几分沉淀,还有两三寸长拇指粗的黑黄色固态物,共三段,圆溜溜地团在那里。然而,因为散发出一种罕见的幽香,有点不像污秽物。于是,平中用木棒捅捅,并把它拿到鼻下来仔细一闻——那味道简直和熏香"黑方"——沉香、丁香、甲香、白檀、麝香等合成的线香的味道一模一样。

《今昔物语》里写道:"以棒戳之,复嗅于鼻下,不意乃芳馥之黑方香也,皆出己之所料。思及此女乃非等闲之辈,因见此物,欲将其据为己有之心愈加狂乱不已。"大概意思是说,平中本来要找出她不过是个普通肉体凡胎的证据，看了后好死心。但结果反而带来了相反的结果，不仅没能对其断念，思恋之情反而尤甚一层。不过，平中特别觉得百思不解，还拿过那便盒，用舌头舐了一下里边的液体，把它放在舌头上，尝到一种又苦又甜的味道。于是，他一边细细用舌头品滋味，一边捉摸。原来那些尿一样的液体，是丁香煮出的汁；而那看来好像粪便一样的固态物，原来是用甜藤汁把山萆薢、混合香黏合起来，用一根大笔杆压出来的。不过，尽管知道了这些，但对方如此厉害地看穿了平中的用意，并在便盒中做如此精细的手脚来整男人，这是个多么有心计的女人啊！想来想去，只觉得她仍然不可能是个平常女人，这样一来，反而越来越难以断念，倾心程度有增无减。

人，一旦倒运，真不知要倒到何种程度。风月场中的弄潮儿平中，在嗅了本院侍从的便盒后，在情场上也接连失利。而这位本院侍从则是愈来愈傲慢，愈来愈残酷。平中愈是死死追求，她愈是冷淡、残酷。本来已快大有希望了，她却突然又把平中一脚蹬了。可怜的平中终于由此而身罹疾病，最后忧伤而死。《今昔物语》中写道："平中相思甚苦，及至必欲与伊见面，遂苦恼而亡。"不过，这里有件不可忽略的事情，即据《十训抄》讲，本院侍从本是平中的女人，也是被时平巧取豪夺去的。于是乎，笔者展开想象的翅膀：既然此妇人本是本院府邸的女官，恐怕时平早已对她下手，平中对此也许不知，也许明知却和他们结成了三角关系。既然如此，本院侍从对平中搞的便盒事件等种种恶作剧，或许背后有着操纵此女的左大臣的计谋也未可知。倘若如此，时平就是杀害平中的凶手。

七

笔者在前文中写过，平中的卒年有延长元年和六年两说，有些不确。现在，我们如按《今昔物语》记载，则平中是因本院侍从而死。那就会得出平中比时平死得早的印象。而读了前文中《后撰集》的说明，平中又好像还是活到后来了。不过，这件事也姑且不管，而夺妻事件四五年过后的延喜九年四月四日，时平年仅三十九岁时死去，这件史实倒是清楚的。

当时，很多人认为，这位年轻有为的左大臣之所以早夭，都是积怨甚多的报应，而最大的报应就是菅公冤魂作祟事。菅公在流放地筑紫①死去先于时平，是在延喜三年二月二十五日。而延喜六年七月二日，和时平一起参与弹劾菅公阴谋的右大将大纳言定国，年仅四十一岁身亡，延喜八年十月七日，时平的另一心腹大将参议式部大辅菅根五十三岁身亡。而且，据说菅根是被化作雷神的菅公之鬼魂踢死的。我们先来介绍些在菅公化作雷神昭雪生前遗恨的传奇故事中和时平及其一族有关的部分吧。

菅公冤魂第一次显灵，是在死去那年夏天。一个明月夜，五更过后尚未破晓时分，延历寺第十三代住持法性房尊意正在四明岳山顶打坐，修炼"三密道法"，突然听到中门一带有人敲门。开门一看，本来已死的菅丞相站在那里。尊意压抑住不安，将其恭恭敬敬地请入佛堂，请问深夜光临有何见教。丞相冤魂答道："自己生于混沌之世，可恨的是惨遭谗言诬陷无辜，到头来沦为贬官流放的罪人，为雪此恨，欲化作雷神，飞越京城之上，并接近凤阙，此事已得到梵天、四王、阎王、帝释、五道冥官、司令、司录的照准。虽已无所顾忌，但因师父法力无边，最恐师父的法力。请看在多年师徒分上，纵然朝廷有请，师父也万勿接受。小神就是为此事才特意从筑紫①赶来的。"

于是尊意说："足下所叹极是。自古以来，好人因小人遭灾的例子屡见不鲜，并非足下一人；再者，世间难免无道，如像你那样耿耿，未免失之浅薄。我劝你还是放弃这个念头吧。当然，你我多年之深谊，既张口也得给面子。所以，我决定哪怕是被挖去眼珠，也要按你的要求不接受邀请。不过，普天之下，莫非王土。贫僧既为帝王之臣民，如数次宣旨来敦请，贫僧只能谢绝两次，第三次时则不便再拒绝。"听到这话，丞相冤魂的脸色为之大变，尊意以为他口渴，请他吃石榴，他便随手拿过，一口含在嘴里，嘎嘣嘎嘣嚼碎。只见他吐到旁门门框上，说时迟那时快，顷刻间那里变出一条火龙，熊熊燃烧。尊意掐诀念咒洒水，其火顿灭。

转瞬间，京城上空乌云密布，继而大雷雨袭来，狂风大作，冰雹纷落，落雷击到宫中四处。满朝文武战战兢兢，有的趴到地板上，有的躲进柜底，有的蒙起草席在哭，有的念起《法华经》中的

---

① 筑紫，古代日本九州地方的名称。

《普门品》。一片混乱之中，时平独自拔剑在手，凛凛然向空中叱咤雷霆。其后风雨仍未停歇，直至鸭川涨起洪水。这时，帝王已向法性房尊意宣旨三次，他不得已出山，以法力镇除了雷电，解了帝王之围。当时，尊意所乘的车一来到鸭川河畔，水都自动退下，放车子通过。此外，在宫中，尊意掐诀念咒祈祷时，据说帝梦见不动明王在火焰中厉声念咒，醒来一看，却是尊意在念经。

但是，也许是尊意作法次数太多而失灵了。其后又过五年，在延喜八年十月，菅根朝臣遭雷殛而死。时平从延喜九年起便感不适而病卧于床。因菅丞相冤魂屡屡出现在床边诅咒他，便请来阴阳师、医师，祈祷、治疗、针灸等做了一切尝试，但毫无效果，只落得个等死的状态。满门的怨叹无法排遣，又请来德高望重之圣僧，试图求助于其法力。当时有个净藏法师闻名遐迩，要请，舍此别无他人。这位唤作净藏的僧人，是文章博士三善清行①的第八子，其母是弘仁天皇的孙女。远在昌泰②三年，当菅公尚作为右大臣和时平竞逐官职晋升时，三善清行曾上书菅公"离朱③之明，非能视睫上之尘；仲尼之智，不能知箧中之物"云云，并告之明年菅公必有祸殃，应及早抽身辞官保身。这位净藏幼年时即无比聪颖，四岁能读《千字文》，七岁出家，十二岁时被宇多上皇发现，而成了上皇的佛门弟子。其后，上皇降旨令其上比睿山登坛受戒，并师从玄昭律师④

---

① 三善清行（847—918），平安初期汉学家，世称"善相公"，曾任"文章博士"兼"大学头"。
② 昌泰（898—901），平安前期醍醐天皇时的年号。
③ 中国古代神话传说中的人物，据传其视力极好，百步之外能见到头发梢。
④ 玄昭，法师名；律师，僧官名，仅次于僧正、僧都，是严守戒律、德高望重的高僧。

学习密教。他生来多才多艺,显、密两宗①自不待言,据说他医道、天文、梵语、看相、管弦、文章、巫术、占卜、划船、绘画、求佛显圣、诵经……十余种技艺无不通晓,音曲诸艺也是卓越超群。因为左大臣家坚请,净藏去一看,时平脸上已现出死相,便告之已在劫难逃,不管施什么法术,难求九死之一生了。但病人及其家人不断恳求,他不好推托,便表示尽心向佛爷祈告。刚好这时,净藏之父清行也来看望,坐在病人枕边。净藏诚心祈祷,病人左右两耳中便跑出两条青龙,口里吐火,在向清行说话:"我生前没有听从足下之谏,乃遭左迁之灾,发配筑紫化作屈死之鬼。现得到梵天、帝释的许可,化作雷霆来向自己的仇人报仇雪恨。想不到令郎净藏却以法力来百般阻挠,且要降伏于我。求你制止净藏法师。"清行闻此言,诚惶诚恐,连忙命净藏即刻中止祈祷。净藏一离开病室,须臾之间时平断了气。

据说宇多上皇闻其弟子净藏在左大臣祈祷中半途而废,中途退走,龙颜大怒。于是,净藏深刻反省自身,在横川的首楞严院②蜗居三载,苦苦修炼。世上一般人却把时平的死法视为理所当然,没有什么人同情。而且,报应还不仅仅加在时平一人身上,在相当长一段时间里还殃及他的子孙。他的三个儿子中,老大八条大将保忠,在承平③六年七月十四日年仅四十七岁便死去。老三中纳言敦忠,即时平那抢来的新夫人在原氏晚年之子,在天庆④六年三月七

---

① 佛教的两大流派显教和密教,天台宗、净土宗等属显教,由最澄、空海自中国传来的教义深远的流派为密教。
② 比睿山横川中堂的名称。
③ 承平(931—938),平安前期朱雀天皇时的年号。
④ 天庆(938—947),平安前期村上天皇时的年号。

日年仅三十八岁即告夭亡。尤其是保忠,活了四十七岁,在当时来说或许也不算死得太早。实际上却是因菅公作祟一病不起,请来法师在枕边诵读《药师经》,保忠却把经文中的"宫毗罗大将"听成了"勒死你"① 而气绝身亡,也没得好死。此外,还有个唤作京极贵妃而后来升为宇多天皇的皇后的,也是短命夭亡。另一女子仁善子和醍醐天皇皇太子保明亲王间所生的康赖王,是时平的外孙,在保明亲王驾崩后立为皇太子,但也在延长三年六月十八日年仅五岁即夭折。只有次子富小路右大臣显忠,在康保二年四月二十四日享年六十八岁故去,这是个例外。不过,此人是个品行端正的人,平素对菅公之阴魂十分敬畏,每夜到院中祭拜天神。且操守严谨,以勤俭节约为信条,当大臣六年无论在家在外,都不摆大臣架子。外出时也不派员鸣锣开道,鞍前马后的随从也不到四名;且总是坐在车的后边;吃饭时也不用奢华的餐具,而是用陶器;也不要什么饭桌,而是叫人放在角盆中,直接放在草席子上;洗脸洗手时,也不用考究的脸盆,而只是在寝殿的遮阴处搭个架子,在小桶上装个把手,每早由下人向里加热水;洗手时则自己去打水,不给人们添麻烦。因为是这样一个人,才官升右大臣,并被授予正二位。在这位大臣的孙子中,三井寺的心誉、兴福寺的扶公等入佛门者,均得以无恙,且官升至大僧都、权僧正等高位。入佛门者,此外还有敦忠中纳言之子右兵卫佐佐理、其子岩仓的菩提房文庆等,他们因为皈依佛门而免遭祸殃。结果,昭宣公之长子时平一支衰落了,四子忠平却不仅在后来当上了从一位摄政关白太政大臣,而且满门都出头

---

① 日语中"宫毗罗(くびら)""汝を縊る(なんじをくびる)"两者发音相近。

露脸，身居要职。据说这都是因为菅公左迁之时，担任右大弁①的忠平暗中同情菅公，而不与其兄为伍，其后也不时给在发配地的菅公通风报信，两人结成了亲密之谊之故。

时平的三子敦忠，是三十六歌仙之一，又被称为本院中纳言、枇杷中纳言以及土御门中纳言。他作为《百人一首》②里的和歌作者，以一首：

> 只道单恋苦，
> 遂愿理当苦变甜。
> 岂料相会后……

而闻名。正如《今昔物语》里所记载："此权中纳言乃本院大臣夫人在原氏所出，年方四十，风度翩翩，人缘甚好，且有名望。"他和时平不同，是个和蔼可亲的人物。另一方面，他又有外祖父业平的血统，是个多愁善感、热情奔放的歌人。但是在《百人一首一夕话》③中，记载着"夫人在原氏被时平从国经府邸夺至自家时，已经怀着敦忠。如此说来，敦忠确乎是国经之子，是夫人去本院后生出的，所以被当作时平之子养大"。倘使如此，敦忠就是少将滋干的胞弟了。但《一夕话》的记载有何根据？笔者不太清楚其出处，

---

① 太政官右弁官局之长，相当于从四位。
② 主要指日本镰仓时代歌人藤原定家的私撰和歌集。他挑选了直至《新古今和歌集》时期一百位歌人各一首作品，汇编成集，现称《小仓百人一首》。后来被模仿，集合一百位歌人作品的一般私撰集，亦称作"百人一首"，如《后撰百人一首》《源氏百人一首》《女房百人一首》等。
③ 江户时期学者尾崎雅嘉所著关于《百人一首》的注释书。

或许当时世间有那样一种风传。这个敦忠在天庆六年早夭以后，宫中演奏管弦时，博雅三位成为不可缺少的人物。倘若三位有事，那天的演出则要取消。故老们听到这些，据说常常感喟：当今世上已没有管弦名手了，如果敦忠还活着，博雅三位不会得到如此重用。仅由此情看来，也可知敦忠为人们所怀念，人们怀念他不仅深谙和歌，也长于管弦之道。

有一位女子，是参议藤原玄上之女，后升为皇太子保明亲王之妃。敦忠还是左近少将时，曾被命担任过两个人的信使①。因此原因，亲王故去后，此妃便和敦忠相好起来，而敦忠也把此人看得可爱无比。有一次，敦忠曾对她说：

"我家一族都是短命，我也活不长。如果我死了，你大概要跟那个文范吧！"所说的文范是民部卿播磨②太守，曾当过敦忠家的大管家。当时该妃说："唉呀，怎么会有那种事！"而敦忠说："不，一定会那样，我将在九泉之下看着你。"后来果然如敦忠所料。时平的儿孙们都因天神作祟而精神失常，始终没有安生过。这从保忠的例子即可推知。不过敦忠也知道自己命里注定要活不长，从而暗中绝望了。

除了上述那妃子外，敦忠还有几个心上人。今天，我们翻看《敦忠集》③，可以看到里边都是情歌，尤以对斋宫④雅子内亲王的作品居多，可以想象到敦忠和这位妇人曾有过长时期的交好。在

---

① 依照当时的婚姻习俗男方在女方家下榻的翌晨，回到自家后通常会拜托信使给女方送信表达怀念之情。
② 旧国名，地理位置在现在的兵库县西南部。
③ 权中纳言藤原敦忠是藤原时平之子，平安中期的歌人，《敦忠集》为其家集。
④ 每当天皇即位被选出去伊势神宫侍奉的未婚皇族女子。

《后撰集》卷十三《恋五》部分，有她当斋宫后去伊势时敦忠送的歌，和下面的说明放在一起：

> 西四条的前斋宫尚为皇女之时，余即有意于她。在此期间，她定为斋宫，翌晨，余即将此情歌缀于杨桐枝为她备用：
> 水深伊势湾，
> 恰似采珠无所获。
> 卿成斋宫女，
> 纵然爱慕千百倍，
> 如今一切皆枉然。

另外，还有个小野宫左大臣实赖之女，敦忠称之为"御栉笥殿长官"的人。因为敦忠一直对其苦苦思恋，却不得见面，便在某年除夕写了和歌：

> 吁嗟相思苦，
> 如梭岁月任蹉跎，
> 朦胧混沌中，
> 不得佳人来相会，
> 惊闻今日岁已暮。

敦忠把这首和歌给该女送去，但事情被父亲左大臣知道了，愈加不让他们见面，所以敦忠又送去了下面这首和歌：

如此苦相思，
梦断却与谁人诉？
安得有机缘，
得幸能见佳人面，
惟愿仅此诉衷肠。

季绳少将有女右近，当此女还在宫中侍奉时，敦忠和她也有过交往。后来，此女离宫返里，敦忠便不再去找她。所以，女方给了他这样的和歌：

尝记君夸口，
海誓山盟不相忘；
今闻君在彼，
信誓旦旦犹在耳，
于今豪言在何方？

可敦忠仍不答，只赠来一只山鸡。于是女子又写来和歌：

山鸡怕猎手，
迟迟不上山求偶；
君乃负心汉，
妾比山鸡更胆寒，
明誓不再见你面。

此外，还有个参议源等之女，这是敦忠长子助信的母亲。另外，在《敦忠集》中还有被称为"大夫人"，以及被称作"佐理之母亲"的女人。不知是上述那些女人，还是另有其人。所说的"佐理"就是敦忠的次子。此人并非是那个与行成、道风齐名的大书法家佐理。据《敦忠集》记载，因为佐理之母生下佐理以后便死去了，佐理寄养在伯母家里，起了个小名叫"阿东"[①]。阿东两岁时，敦忠去看望过此子，当时痛哭流涕，写了下面的和歌：

> 少小离爹娘，
> 未曾问暖又嘘寒，
> 念想留后世，
> 惟有阿东亲骨肉，
> 寄人篱下使人怜。

这个阿东佐理，后来遁入空门，正如前述。

---

① 日语中"azuma"既可写作"东"，又可写作"吾妻"，意为我的妻子。

八

　　平中、时平及其子孙们日后的大致情形如上所述。那么，那位可怜的老大纳言和其夫人在原氏所出之子滋干，其后又如何了呢？

　　除滋干之外，国经还有三个男孩，据《尊卑分脉》①所记载的顺序，长子为滋干，次子为世光，三子为忠干，四子为保命。其中忠干之母并非在原氏，而是一个唤作伊予守未并的女子。忠干据说是传宗接代了；世光和保命两支则断了香火，而且谁是他们的母亲也没有记载。然而，假定滋干在夺妻事件发生时五岁，那么他就是老大纳言七十二三岁时之子，这样，到国经八十一岁死去为止，这中间又生了三个男孩，是否有了续弦呢？难道《尊卑分脉》是胡诌，世光以下三个男孩都比滋干大？抑或是同时间的庶出？如此说来，似乎国经在讨和自己有五旬之差的在原氏为妻之前，尚有别的妻房，但那人就没有孩子吗？关于这一疑点，现在没有什么解开的线索。而滋干，据《尊卑分脉》记载，确有从五位左近少将的头衔，并生有亮明、正明、忠明三个儿子。这些儿子的母亲又是谁？不得而知。而且三人断了香火，无有子孙。加之，滋干之名在《公卿补任》②等文献中没有记载，他是何时授的从五位？何时当的左近少将？也不甚明了。至于生卒年月更是无从查考了。关于《尊卑分脉》以外有关滋干的记载，可在《大和物语》里见到一女人与滋干少将的赠答：

（女赠歌）：
相思成久病，
可怜一朝赴黄泉。
但得君子问，
相知红颜今何在？
且告伊人已升天。
（少将答）：
岂惧成白骨，
且告我已来晤面，
我身如朝露，
生死与共有誓言，
安敢偷生在人间？

在《后撰集》卷十一《恋三》部分，一般都知有藤原滋干所作的带说明的和歌：

夜晚与女同衾，定令其盟誓今后务要相见，于翌晨送出。

---

① 源、平、藤、橘等日本主要诸姓氏的系谱，洞院公定著。
② 参议以上官员、从三位以上的补任按其年月顺序之任命记载书，记载有公卿的叙位、任官、兼职、年龄、略历等，有八十卷本和一百卷本。

> 尊贵又威严，
>
> 如此神前发誓愿，
>
> 任海枯石烂，
>
> 生死双双不变心，
>
> 事关重大非等闲。

此外，鲜为人知的资料还有遒古阁文库收藏的《滋干日记抄本》，有些残缺不全。除此之外，似乎还有两三种，但无一完整的流传下来。大致可认为，在天庆五年春到以后的七八年间，随手抄录的只剩下一部分，其内容几乎全部是表现对其母的思恋之情的。

读者知道，滋干的生母亦即敦忠的生母，但该母活到什么时候呢？我们根据《拾遗集》① 卷五《贺》部分所载源公忠② "萋萋茜草活万代"的和歌序，可知权中纳言敦忠曾为母亲做过寿。而这次祝寿可以推定大约是五十大寿。而一看滋干的日记，可知敦忠死后的第二年即天庆七年时，这位母亲仍然健在。这时，已是她的第二任丈夫（追认）太政大臣时平死后第三十五年。当时她六十岁左右，而滋干大约四十四五岁。滋干到了这把年纪，还仍然对其母难以忘怀，遇事总爱忆起母亲的面影加以眷恋，是有着如下充分理由的——那个夺妻事件当时，因为他尚是五六岁的顽童，所以被允许出入本院府邸。但七八岁后，似乎人世间的种种戒律也对他生效，所以再也不允许出入了。其后，他明知母亲健在，却得不到与母亲

---

① 《拾遗和歌集》的略称，意为收集了《古今集》《后撰集》中遗漏的敕撰和歌的集子，收入和歌约一千三百五十首。
② 源公忠（889—948），平安中期的贵族和歌人，光孝天皇之孙，大藏卿源国纪之次子，三十六歌仙之一。

相会的机会。倘若根本没见过母亲的面容，又当别论；而童年时就朦胧记得母亲，不久这母亲却跑到别人家里去了。碰到这种事，无论是谁，那思母之情都会非同寻常的。何况其母亲是个绝代佳人，他刚记事起，就有过去拜望已成为别人之妻的母亲以及母亲往自己胳膊上写字的记忆；而且这位母亲现在仍然健在。如此想来，也就难怪《滋干日记》都是些思恋母亲的文章了。现存的仅是些片断，而其他部分也一定都是些对母亲的憧憬。也许是滋干活到四十二三岁，思母之情愈演愈烈，才产生提笔写下这些的念头。实际上，这些东西固然是日记，但也可以说是故事。从幼年离母，不久被父亲抛在世上的少年时代的悲惨回忆起笔，一直写到四十年之后，在天庆某年的黄昏到西坂本去凭吊已故敦忠的山庄遗址，与母亲不期而遇。

依日记推断，滋干似乎是一直保留着他四岁左右时对母亲的印象。起初不过是浮光掠影，极其朦胧。母亲被本院大臣带走的那个夜晚——对他以及其父国经无疑都是一生中大事的那个夜晚，滋干没有任何印象，只是从某时起有人告诉他，自己家里已没了妈妈，他才突然悲伤起来，大哭一场。告诉他那些话的，不是那年老的女佣赞岐，便是奶母卫门。当时，他每日每夜叫奶母抱着睡，他拼命喊叫着妈妈大哭不止，奶母没办法，便说：

"快老实点睡吧。你妈妈不在这儿，在不远的地方呢。你老实点，我一定把你带到你妈妈那儿去。"小小的滋干一听，高兴极了，问道：

"那么，什么时候？"

"过几天。"她回答。

"一定呀。"

"一定。"

"一定，一定？不哄我吧？"

因为每天晚上奶母都要说一遍这套话才把他哄睡，所以孩子心里怀疑是不是在哄他。不过，奶母好像还是把此事对赞岐说了。有一天，赞岐真的把他带到他妈妈那儿去了。然而，儿童的记忆实在靠不住，这样重要的事，他竟然一点也回忆不起来。他的记忆就像旧胶卷一样断断续续的，前后连不起来，有的模糊，有的倒清楚得要命，在他脑海中留下了印象。而在这些印象中，至今仍然不时浮现的，是自己蹲在本院府邸内长廊的栏杆下，无聊地眺望着花草景色的童姿。

他知道，在那长廊对面的寝殿里住着母亲，人家叫自己在这里等着，为的是要和母亲相会。等候良久，赞岐出来做个手势"到这边来"。母亲不大在外边露面，总是呆在正房的最里间。他要去，便把他抱到膝上，抚摸他的头，还亲他的脸蛋。他叫道：

"妈妈。"

"我的孩子。"母亲应道，并紧紧把他抱在怀里。但仅仅如此，只是跟他说一两句可亲的话，从不和他深谈，是不是因为他还没到能理解的年龄呢？因为他只能偶尔和母亲相见，所以每当这时，他便在母亲怀里，仰头端详，以便牢牢记住母亲的面容。可惜屋子很暗，加之母亲额上垂下的秀发遮住了面孔，所以只能像参见佛龛中的佛像，从没有尽情地看过母亲。母亲那样的容貌举世无双，这一点他从女官们的谈话中听说了，所以也想过，所谓美，就是这种脸孔吧。但也并不是彻底理解了，只是因为母亲身上总是有一股特别的香味，所以被她抱着时感到很舒服。回家后，那香味还总能跟着他的脸、手掌、袖子，两三天内不消失，使他觉得好像母亲就在他身边。

幼年的滋干，真觉得母亲确实美，乃是在他被平中抓住，往胳膊上写字的时候。那是红梅怒放，枝头离长廊的房檐很近的季节，大约是某个春天的事。他正在西屋竹帘处和两三个小姑娘玩耍，一个男人笑容可掬地走过来，说：

"哎……见过你母亲了吗？"

说着，把手搭到了他的肩上。滋干本来想说"还没有"，但又不知这样说好不好，便一言不发地抬头看那人的脸。后来他才知道那人就是平中。不过，当时他觉得这张脸并不陌生，好像是以前常见过的。

"还没有吧？"那男人见滋干有点局促不安，好像猜到了八成似的。然后怕左右听见似的，又猫下腰，把嘴凑在滋干耳边："少爷是个聪明的孩子，真聪明，真聪明。如果见到你母亲，请别见怪，我还有事要求你办呢……行吗？少爷，能给我办吗？"

滋干问："什么事？"

"这个么……等一下……"他把手伸到背后，把他带到离小姑娘有几步远的地方，"我想送你母亲一首和歌，不知你能不能给我送一下？"

因为赞岐和奶母曾吩咐过，见母亲的事一定不能对别人说，所以他现在有点不知如何答复。这时，那汉子一个劲地用各种言辞重复：不必那么担心，我跟少爷的母亲很熟，如果少爷能为我传递一下，你母亲也一定会很高兴的。他还补充说，少爷是个懂事的孩子。起初是为了解除孩子的恐惧，竭力笑容满面地哄他，说着说着，不知何时表情严峻起来，拼命想让孩子理解，这一点滋干也看出来了。一般说来，这种时候大人的脸，对孩子来说是很可怕的。滋干也确实觉得好像受到胁迫，感到有点怕。然而另一方面，滋干也感到了平中那心事重重、苦苦哀求的样子，不能不引起孩子的同情。

因为孩子点头了，平中一边说着"真聪明"，一边小心翼翼地看看四周，说："来一下，来一下……"

说着拉起滋干的手，走到一排屏风的后面，拿起桌上的笔，浸在砚台里。

"别动啊。"他说着，把滋干的右边袖子一直卷到肩头，从双腕处开始，一直向胳膊上部写，把想好的和歌写了两行。

写完后，还要等墨干，他握住滋干的手不让动，滋干以为他又要干什么。墨一干，平中便轻轻地把卷起的袖子放下来，说：

"瞧，请你把这个给你母亲看。要找个没外人的地方……好了。你明白吗？"滋干只是点了点头。

这时，汉子又叮嘱一遍："只能给你母亲一个人看呀！不要给别人看。"

后来，大约滋干照例在长廊等到赞岐打手势以后，就见到了母亲。这事的记忆已经模糊不清。他走到屏风后被母亲抱起时，便喊了声"妈妈"，挽起袖子给她看。看样子，母亲一眼就了解了事情真相。屋里很暗，她便搬开屏风，放进了外边的光线，然后把自己的孩子从膝上放下来，叫他把胳膊伸到明处，一遍遍地读了又读。母亲不问是谁写的，也不问是谁送的，似乎什么都明白。滋干对此感到很奇怪，冷不丁又感到有什么东西噗地从眼前落下，他惊讶地一仰脖，见母亲热泪盈眶地注视着别处，滋干觉得母亲很美正是在这一瞬间。因为正好是此时，春日的阳光从正面反射到母亲的脸上，使过去一直在暗处才见过的脸部轮廓清晰地显现出来。母亲发觉孩子在注意自己，慌忙把脸紧紧贴到孩子的脸蛋上。所以，滋干什么也看不见了，脸反而触到母亲睫毛上冷冰冰的泪水。闹了半天，滋干清楚地看到母亲的容貌也只是那么一瞬间。尽管如此，母亲眉眼的印象和美的感受却长期地印在他脑中，永志难忘。

母亲贴着他的脸，贴了很长时间。在这段时间里，母亲是在沉思还是在哭泣？这些滋干已经想不起来了，只记得不久，母亲叫女官拿来个水盆，洗掉了滋干胳膊上的字。本来女官要擦洗，是母亲阻止了，自己亲手把它擦了。但擦时觉得很可惜似的，对每个字都凝视良久，好像要刻到自己的心上。接着，母亲又像方才平中那样，挽起孩子的袖子，用左手握住他的手，在擦掉原先文字的地方，笔走龙蛇地也写了长长的两行字。

滋干卷起袖子给母亲看时，并无他人，可不知不觉进来两三名女官。滋干记挂着平中的嘱咐，但见到母亲对她们很信任，她们似乎对一切已了如指掌。他记不得母亲在自己胳膊上写的是什么了，只记得母亲好像没说什么，默默地做了这些事。

母亲刚写完，不知何时进来的赞岐叫了一声："小少爷，把你母亲的这首和歌拿给那位客人看，他好像还在那里。快到刚才那儿去吧。"

他便回到西边的对屋，果然那人还在竹帘那里等着。

"哟。有什么回信吗？唉呀呀，真聪明，真聪明！"那人说着奔过来，兴奋地说道。

滋干后来明白了，自己当时是充当了给母亲与平中传递情书的信使，也明白自己是被平中利用了。不过在他想来，至少母亲身边的女官们和赞岐是了解这件事的，说不定正是赞岐同情平中，才教平中利用滋干传信的呢。因为滋干依稀记得又有一次被领进有屏风的那个房间，向平中示出母亲的笔迹时，赞岐似乎在场，而且嘴里叽咕着："真可惜啊！"同时把字迹干干净净地擦掉了。

往胳膊上写字的事，是否后来又有过一两次，这些事情都已经模糊了。只记得后来他又到西边的对屋去时，平中仍然在那儿转悠，还叫住他，托他传情歌。滋干把这个给母亲送去后，有时母亲有答歌，有时没有。渐渐地她不像当初那么激动了，有时甚至表现出不耐烦的神色。所以滋干后来也觉得受平中之托是件麻烦事。平中也好像不知从何时销声匿迹了。而不久，滋干自己也不能和母亲相会了，因为奶母不再带他去。滋干一说想见妈，她便说："你母亲马上要生孩子了，现在不见人了。"似乎母亲当时确实有了身孕，但禁止滋干出入怕是另有因由。

就这样，滋干再也没有见过母亲。对他来说，"母亲"这个概念不过是五岁时瞥见的那眼泪汪汪的脸和那些芬芳的熏香。而这些，四十年中，在他的头脑中被珍藏、加工，渐渐被美化、净化成了一种理想的偶像，早已和实物相去甚远。

滋干对父亲的记忆，要比母亲的记忆来得晚，从何时开始有印象已不甚了然。不过，估计那一定是从他不能会见母亲的时候开始的。因为在那之前，他接近父亲的时间很少；而不能会见母亲之后，却突然清晰地意识到父亲的存在。他记忆中的父亲是个彻底被心上人抛弃、世上罕见的可怜的垂垂老者。那么，对平中写在孩子胳膊上的情歌不惜痛掬一把感伤之泪的母亲，又把这样一个父亲视为何物呢？母亲从没和滋干说过这个。他被母亲抱在膝上呆在屏风后时，自己倒没有提起过父亲，而母亲也一次没有问过"你父亲怎么样"这类话。加之，无论是赞岐，还是其他女官，似乎都奇怪地同情平中，没人提起国经，唯独奶母卫门是个例外。

九

奶母对滋干说:"少爷思念母亲理所当然,不过,最可怜的还是你父亲呀!你父亲很寂寞,你要疼他、安慰他。"她虽然对他母亲并无恶感,但她了解平中的那段事,似乎对从中斡旋的赞岐抱有反感。而当她发现滋干也被利用做媒介后,就越来越恨赞岐了。滋干再不能去母亲家里看望,说不定是因为上述原因奶母有意造成的呢。有一次奶母还对滋干这样说:"少爷,去见母亲,那是没办法,可受人之托为人传信,那可不行啊!"说着,奶母还用凶狠的目光瞪了他一眼。

自从母亲走后,父亲经常称病不朝,大白天躲在屋里像个病人一样。冷眼一看,面容憔悴,神色忧郁。所以,孩子对这样的父亲难以接近,更谈不上去给什么安慰了。但奶母仍然说:"你父亲可是个可亲的人哪!如果少爷去看他,他不知该有多高兴哩!"这样,有一天,她竟拉住滋干的手,到父亲的屋前,说了声"快点",打开拉门硬把他推进去了。本来就精瘦的父亲更加枯瘦了,两眼凹陷,银色的胡须杂乱得很,看样子刚才还躺着,正在起来,像一只狼一样坐在枕旁。他扭头看了滋干一眼,把滋干看得缩成一团,连一声"父亲"的呼唤也卡在嗓子眼儿了。

父子两人互以探问的目光观察了一会儿,压在滋干心头的恐怖感渐渐减少,被一种甘美的亲切感所代替。起初滋干不知这是什么原因,不久便发觉这个屋里溢满了母亲身上的熏香。仔细一看,父亲身旁杂乱地摆着内衣、单衣、短袖便服等各种母亲穿过的衣服。这时,父亲突然问道:"孩子,你还记得这些吗?"他伸着铁棒般僵硬的胳臂,抓起一件色彩斑斓的衣服。

滋干走到近旁,父亲两手把那衣服捧到滋干面前,然后将自己的脸贴在衣服上,许久一动不动。过了好久才抬起头来,以沉静、征求同感的口吻问道:

"我儿也想见母亲吧。"

滋干从未这么仔细地看过父亲的脸,这一看,只见他眼角挂着眼屎,门牙几乎全部脱落,加之声音嘶哑,所以很难听清他在说什么。而且,看那面孔实在不知是在笑还是在哭,只见他一脸执拗、一本正经的样子,呆呆地看定滋干的眼睛,倒叫滋干又感到害怕起来。滋干只是"嗯"了一声,便一直站在那里。这时,父亲慢慢皱起眉头,不高兴地说了一句:

"好了,一边去吧!"

从那次以后,滋干没有再到过父亲的身旁。奶母告诉他:"你父亲今天又在家哩!"他反而有意不到父亲房里去。父亲整日闷在房中,几乎没有露面。偶尔从他门前路过,侧耳谛听,连一点声音都没有,不知是活是死。滋干想:恐怕又像上次一样,拿出母亲的许多衣服,把脸埋在那妖艳的熏香中了吧。

其后,不知是当年还是第二年,一个朗朗秋日,在金风送爽的午后，父亲很难得地来到前院。胡枝子茂密地开着花，在那旁边的水渠旁，父亲呆呆地坐在石头上。当时，滋干已隔了很久没见到父亲，这次一看，感到父亲好像刚赶了远路的游子，筋疲力尽地在路旁休息。他的衣服满是污垢，变得皱皱巴巴，袖子和下摆千疮百孔。也许是当时他已没有了料理家务的女官，即使有，他也一定不愿让那些女人碰这些。滋干看着偏西的太阳暖烘烘地照着父亲的半身，把他那瘦弱的面颊照得闪闪生辉。尽管这样，他还是没能走近，只是伫立在五六步远的地方，听着父亲口中念念有词。

可以推知，他念的东西不是普通的话，而有着抑扬顿挫，是在背诵。明明滋干在旁听着，他却像毫无察觉似的，若有所思地注视着水面，把口中所念之词重复了两三遍，这才叫了一声："孩子。"把脸转向滋干，道：

"我要教给你这首诗。这是唐朝一个叫白乐天的人作的，对孩子太难了，恐怕不懂意思，不过这没关系。你可以照我念的这样记。你长大成人后，就自然明白了。来，在这儿坐。"

滋干便和父亲并排坐在石头上。父亲起初为了孩子好记，一句一句念得很慢，等滋干跟着念完才往下进行。但念着念着，渐渐忘了这是在教儿吟诗，一任感情迸发而提高了声音，抑扬顿挫地朗吟起来：

> 失为庭前雪，
> 飞因海上风。
> 九霄应得侣，
> 三夜不归笼。

> 声断碧云外,
> 影沉明月中。
> 郡斋从此后,
> 谁伴白头翁。

滋干长大成人后,发现此诗是《白氏文集》中题为《失鹤》的一首五言律诗,而当时却不知所云。不过,后来父亲酒醉后也屡屡随口吟起这些诗句,所以几乎听熟了。现在想来,父亲是把逃走的母亲比喻成鹤,假此诗以寄托郁闷情怀。滋干听到父亲吟此诗时的悲怆语调,感到父亲那种肝肠寸断的思绪也传染给了自己。如前所述,父亲声音嘶哑,吟不出高调,而且因为气短,无法拖长尾音。所以从技巧上说,他的吟诵是相当拙劣的。然而当他吟诵"九霄应得侣""声断碧云外""影沉明月中""谁伴白头翁"等句时,饱含着一种凄怆的真情实感,超越了一切技巧,不能不动人心弦。

父亲见滋干已经能背这首诗了,便说:"这首能背了,我再教你一首更长的。"那就是题名为《夜雨》的诗:

> 我有所念人,
> 隔在远远乡。
> 我有所感事,
> 结在深深肠。
> 乡远去不得,
> 无日不瞻望。
> 肠深解不得,

> 无夕不思量。
> 况此残灯夜,
> 独宿在空堂。
> 秋天殊未晓,
> 风雨正苍苍。
> 不学头陀法,
> 前心安可忘。

这"不学头陀法,前心安可忘。"一句,父亲动辄独自吟诵,不久,他皈依佛门,恐怕是受此诗句的影响。另外,滋干还断断续续地记得一些不知是什么题目的诗句:"夜深方独卧,谁为拂尘床?"①"形羸自觉朝餐减,睡少偏知夜漏长。""二毛晓落梳头懒,两眼春昏点药频。"②"须倾酒入肠,醉倒亦何妨。"③ 等等。父亲有时悄然伫立在院子的角落轻声吟诵,有时离开人群独饮独酌,用放声大哭的声音来吟之。每当此时,父亲都是热泪滂沱。

当时,赞岐不知从何时起已离开家里,想来是在母亲离去后,赞岐也抛弃了父亲而去投靠母亲了吧。在滋干的记忆中,是奶母卫门百般地照顾滋干和他父亲。有时她像说年幼的滋干一样来说父亲,而她叨咕得最厉害的,便是父亲喝酒的事。

"上了年纪,其他也没什么乐趣了,少喝一点是可以的,但是……"

---

① 出自白居易《秋夕》。
② 出自白居易《自叹两首》。
③ 出自白居易《洛城东花下作》。

奶母这样一说，父亲便无精打采地低下头，像被自己母亲申斥的孩子，俯首聆听：

"叫您担心，真对不起。"

父亲本来就爱杯中物，乃至老年，心上人背叛了他，就更加嗜酒如命，酒成了他生活中的唯一伴侣，这也是迫不得已。但酒醉后耍起酒疯，越出常规，故而也难怪引起奶母的担心。父亲被奶母一说，便马上赔罪，可过不了几天又烂醉如泥。又是吟诗，又是哭嚎，有时竟半夜三更跑了，两三天不归。

"到什么地方去了呢？"

奶母和女官们一边商议，一边叹息，这种事成了家常便饭。滋干在那种时候，也出于孩子的心理，觉得很难受。父亲有时两三天后的傍晚悄然归来，有时神不知鬼不觉地回屋躺下了，有时是被人发现带了回来。有一次，他倒在离京城很远的荒郊野外，被找到带回来时，蓬头垢面，破衣烂衫，手脚满是泥土，活像个乞丐。奶母惊叫了一声，眼泪像断了线的珍珠掉下来。父亲则难为情地低着头，一言不发，悄悄逃回屋子，把脸埋在被子里。

"这样下去，不是变疯，就是搞垮身体……"奶母每天这样嘀咕。于是父亲有一次断然把嗜好如命的酒戒掉了。

滋干不太清楚父亲是出于什么动机把酒戒了，他只记得奶母对自己说过：

"你父亲近来太叫人钦佩了，每日都静静地读经。"想来父亲是经受不住对母亲的思念之苦，才试图借酒浇愁，但感到酒也解不开愁肠，才去乞灵于佛爷的大慈大悲吧。也就是按照白诗"不学头陀法，前心安可忘。"的暗示来办的。那是父亲死前一年，滋干七岁时的事。那时，父亲已不再发疯，而是在佛堂打坐、读经，或请什么地方的高僧讲授佛法。这样的日子多起来了。于是奶母、女官们愁眉为之一展，很高兴地说："老爷总算安稳下来了，看这个样子可以放心了。"但对滋干来说，即使有了这种变化，也仍然有点害怕，觉得父亲不好接近。

看到佛堂很静，奶母便对滋干说："少爷，到你父亲那儿，悄悄地看看他在干什么。"滋干蹑手蹑脚地来到佛堂前，跪在门槛处，无声无息地把手放在拉门上，把门打开一寸左右，只见父亲正襟危坐，对面挂着普贤菩萨的画像。滋干从后面只能看到背影，看了半天也不见父亲读经、读书或烧香，而只是在默然枯坐。

有时，滋干忍不住问奶母："父亲在做什么？"

奶母答道："那是在修炼不净观！"

所谓"不净观"，是很深奥的，奶母也做不出详细的说明。简言之，就是一炼这种法则会悟到：人的一切官能的快乐都不过是一时之迷，便不再思恋以前苦苦思恋的人了；也会懂得看着美的、吃着香的、闻着香的，实际上是不美、不香的肮脏物。据奶母说："你父亲就是为了把你母亲忘了，才进行这种修行的呀！"

关于这，滋干对父亲有个终生难忘或者说是可怕的回忆，那事就发生在这个时期。那时，父亲不分昼夜地静坐沉思几天了。滋干不解他是何时吃饭、睡觉的，忍不住半夜三更瞒着奶母溜出卧室到佛堂，只见拉门内青灯幽幽，父亲同白日一样正襟危坐。滋干照例从门缝中看到，父亲的身影像雕像般久久屹立在那里，一动不动，便又偷偷关上拉门，回卧室睡觉。第二天晚上，他又不放心去偷看，一切与昨晚一样。然而，在第三天夜半，他被好奇心驱使，又蹑着脚把拉门拉开一道缝，屏息一瞧，明明没风，灯火却在一跳一跳。在这一瞬间，他发现父亲突然晃动两肩，改变了一下姿势。父亲的动作甚为缓慢，所以不知这动一下是出于什么目的。但不久，父亲把一只手拄在地上，呼吸很粗，吭哧吭哧的，慢慢挺直自己的身体站了起来。因为年老，即使不这样端坐，行动也很缓慢，何况因长期端坐，不那样就一下子站不起来。站起来后，又跟跟跄跄地走到屋外。

滋干不解地跟在后边，见父亲目不斜视地凝视着前方走下台阶，穿上草鞋站到地上。月光皎洁，虫声可闻，季节确乎是秋天。紧跟着走下台阶的滋干也胡乱趿拉上一双不合脚的大人草鞋，脚底感到一阵凉意，好像游在水中一样。月光照在地上，白白的像地上霜，使人甚至怀疑是不是冬天。父亲在前面走，影子清晰地映在地上摇曳着。他离开得远一些，竭力不叫自己踩上父亲的影子。因为父亲要是回头，也许有被发现的危险。但父亲边走边在冥思苦想，不觉已走出大门，好像有什么明确的目标，大步流星地走去了。

一个是八十岁老叟，一个是七八岁幼童，恐怕也走不出多远。尽管如此，滋干也觉得走了相当远的路程。他尽力不让父亲发现而跟在后面，但因为深夜的路上除了这父子俩别无行人，加之父亲的身影远远地反射着白色的月光，倒也不愁会找不到他。起初路旁是鳞次栉比的堂皇府邸，渐渐变成寒酸的竹栅栏，或是屋顶放着石头，萧索的木板顶小房子。渐渐地，愈走这些东西也愈加稀少，出现了星罗棋布的水塘或空地，芒草等秋草丛生。草丛中有秋虫在鸣叫，两人走近，便戛然止声，两人走过后又鸣声大作，且越往郊外，鸣声愈烈。不久，房子一幢也没了，来到一片一望无际的莽莽荒原，只有一条羊肠小道，曲曲弯弯。草有一人多高，父亲的身影不时淹没在草丛中。滋干拉近到大约五步的距离，两旁的草伸到路上，要一边用手拨开草一边前进，衣袖和下摆被露水打湿，到后来，冰冷的水珠竟滴进衣领子里。

父亲来到一个小河上有桥的地方，过了桥但没有照直走，而是下到河边，向下游一片河滩似的砂地走去。在离桥三四十丈远的小高地上，有三四座坟，这些坟都是柔软的新土，坟顶上的塔形木牌也是雪白的。正巧这时有月光，照得字迹清晰可辨。有的没有插坟顶的木牌，栽一棵小松树代之；有的不是土坟，而是用栅栏围起来再堆上石头，弄成一座五轮塔；更有简单的，只是草草地把尸体裹在席中，再供上一束花为标志；也有的坟上的土被不久前的大风吹跑，尸体的某一部分已从下面显露出来。

父亲在坟间转悠，好像在寻找什么。滋干紧跟在后面，几乎要踩到父亲的脚。也许是父亲没有意识到被跟踪，一直没有回过头。一条好像刚饱餐完尸肉的野狗，突然从草丛中窜出，仓皇逃去，而父亲对这些不屑一顾，不知何故他异常紧张，全神贯注，这从后面一眼便可得知。不一会儿，滋干见父亲停住脚步，便也跟着站住。这一瞬间，滋干被眼前看见的东西吓得毛骨悚然。

月光如雪洒在地上，一切好像被涂上了一层荧光，故而起初滋干没能认出地上横躺着的东西为何物，但凝神注视，才明白那是一具腐烂的年轻女尸，这是从四肢的胖瘦和肤色来判断的。长长的头发同假头套一样，从头盖骨上脱落；脸部好像被压坏或是肿胀起来，成了一块肉；腹部流出了内脏，无数蛆虫在蠕动。在胜似白昼的月光下见到这些东西，其惨相可以想象！滋干吓得连转脸、挪动身体、发个声音都不能了,好像被定在那里。然而,只见父亲静静地走近那女尸,先是恭恭敬敬地合掌一拜,然后就坐在放于旁边的草席上,并像刚才在佛堂里那样,正襟危坐,不时看看那女尸,又半闭上眼沉思起来。

月光更加皎洁,周围愈加寂静,微风时时吹过,除了芒草的沙沙声,只有虫鸣声。在这个环境中,看看形影相吊、面尸枯坐的父亲,真感到好像被拖进了梦幻世界。由于周围弥漫着尸臭,滋干才回到了现实中。

这个场所是在哪儿,滋干不清楚,当时京都地区有很多这种乱坟岗。当年,天花、麻疹等传染病流行,死人一多,一是怕传染,二是没法处置,所以只要有空地,便把尸体送去,出于辨认需要,便盖上土或是裹上席子埋葬。可以推知这就是那种场所。

十

父亲对着那女尸陷入冥想，滋干屏息蹲在一座坟后。中天皓月已微微西斜，他所隐身的那座坟上的坟顶木牌在地上拖出长长的影子。这时，父亲总算站起来踏上归途。滋干又像来时一样跟踪在后。但过了刚才的小桥，来到一片芒草荒原时，想不到父亲开口了：

"孩子……孩子你看我今夜在那干什么来着？"

父亲站在小路间，回头朝着刚走过的方向站住，等着滋干从后边赶上来。

"我知道你在跟踪我，我有个想法，故意让你那样做的……"

滋干还是一言不发，父亲便更加柔声柔气地说道：

"我说，孩子，我不是要申斥你，你照实讲吧。你是不是从开头就一直看着我今晚干的事情？"

滋干点头"嗯"了一声，似乎要强调理由，补充了一句：

"我是担心父亲做的事情……"

"你看我疯了吧？"

父亲自嘲般地咧开嘴角，无力地哈哈大笑起来。但那声音太小，根本没法听清。

"不光是你，好像大家全这样看的吧……不过我可没疯呀。我做的事是有缘由的。为了让你放心，也可以把原因说给你听听，……怎么样？要不要听……"

父亲便在回家的一路上，和滋干肩并肩，给他讲了下面的事情。对当时的滋干来说，当然连这些事的大要也根本理解不了。他写在日记中的，并不是父亲的原话，而是加上了成人后的解释。要言之，那是一些佛家所讲的不净观的情况。笔者对佛教教义没有研究，能否准确地传达没有把握。为此事，笔者曾就教于一位对天台宗造诣颇深的好友，并借来了有关参考资料。一研究，愈加深奥难懂。不过，这里也无须讲解得那么深奥，只是出于前后文的需要，涉及以下故事展开所需要的领域。

不净观的事，写在浅显易懂的夹杂假名所写的书上或许别处还有。据笔者所知，世上有本书名叫《闲居之友》[①]，一说是慈镇[②]和尚所著，一说是胜月房庆政[③]上人所著。该书收集了《往生传》[④]《发心集》[⑤]上遗漏的往生、发心者的传记以及名僧圣侣的轶闻趣事。其上卷有"怪僧在寺院工余炼不净观事"，"怪汉到荒郊观尸彻悟事"，"桥下河滩女尸事"；其下卷有"观皇女女官不净姿态事"

---

① 佛教说话集，1222 年成书。
② 慈圆（1155—1225）的谥号，天台宗僧人，关白藤原忠通之子，史论书《愚管抄》的作者。
③ 庆政（1189—1268），镰仓时代天台宗僧人，歌人，号为证（胜、照、松）月房，曾到南宋时的中国留学。
④ 佛教文学，收集了基于阿弥陀佛、弥勒菩萨信仰而成佛者之传记，到江户中期为止，有《日本往生极乐记》《续本朝往生传》《拾遗往生传》等。
⑤ 镰仓初期的佛教说话集，收录了以发心谈为主的佛教故事，作者为鸭长明。

等。如果读了这些，对什么是不净观，大体会心中有数了。

现在举该书中一例，有这样一个故事：从前，在比睿山某大人手下服务的，有一个下级和尚。说是和尚，其实和寺内杂役差不多。高僧支使他干各种杂役。他平素对主人很尊重，惟命是从，为人忠厚，从没办错过什么事，所以很受大人们信任。光阴似箭，一来二去之间，这和尚每天到傍晚便不知去向，次晨才回来。大人们了解到这事，认为他多半是每夜都到坂本去了，内心对其十分憎恶。见到他早晨回来有点消沉，不愿和人碰面，并且总是眼泪汪汪的。人们起初全认定是彼处的女人没有随他的心吧，一定是那样。然而有一次，高僧派人跟踪他，发现他走过了西坂本（并非江州的坂本，而是在比睿山西麓，即现京都市左京区一乘寺一带）到莲台野去了。派去的人百思不解，想看看他在干什么，在草丛中找了半天，原来他跑到死人身边，又是闭目又是睁眼，一心祷告，并一再反复，还放声大哭起来。整夜都是如此，直到听见晨钟响，他才擦擦眼泪往回走。这一来，派去的人本人也受了感染，流着泪跑回来。高僧问道："怎么样？"派去的人便说："唉呀，原来是这样，难怪他总是无精打采的，是有如此这般的情况。太阳落山后他不见了，也是为了这个了。对这样一个德行高尚的人妄加怀疑真是罪过。"从此，高僧对此人刮目相看，尊敬起来。一天早晨，高僧端来做好的稀饭，见旁边没有人，便对他说："听说你在修炼不净观，真的吗？""哪里哪里。那种事是人家有学问的人干的，我能不能干得了，看看我这德行就知道了。"他这样回答。高僧又说："不，你的事大家都知道了，老衲我也一直对你怀着几分敬意和钦佩。不必隐瞒了。"这下级僧人说："既如此，我就说说，其实我的功夫也不深，只是初得要领而已。""有没有效，请拿这碗粥试试吧！"高僧一说，那和尚便取过木托盘盖在粥碗上，闭目凝思片刻。过了一会儿，打开盖子，只见粥已悉数化为白虫子。高僧见此情此景，潸然泪下，向那和尚合掌长揖，要求道："请务必教给我。"

以上便是"怪僧在寺院工余炼不净观事"的故事。《闲居之友》作者在其后还加上了一句说明："此乃十分难得之事也。"而天台大师也在《次第禅门》①里力陈：即便愚蠢者，如到坟地去观腐尸，也便容易修成正果。因此那位下级僧人才开始修炼的。《摩诃止观》②中解释"观"时说"山河皆不净也。吃食穿戴亦皆不净也。饭如白虫，衣如臭物皮"。那下级僧大彻大悟的妙处在于和圣教教义不谋而合。另外，天竺的佛教比丘③也说："器物如骷髅，饭如虫，衣如蛇皮。"唐土的道宣法师也主张："器乃人之骨，饭乃人之肉也。"一个没什么学问的僧人根本不可能了解这些人的教诲，但却炼成此道，确实不简单。人即使达不到这个下级僧人的程度，但只要明白了那道理，五欲之思自会渐渐淡薄，其心术也自会有所改变。故曰："不晓此理者，对美味起贪欲，对非美味及褴褛之服，则怒怒之念非浅。优劣固异，然为轮回之原者盖同。（中略）仅此，哀哉徒劳乎。将为梦中些许小事，长眠于世，实为苦矣。"

"怪汉到荒郊观尸彻悟事"，也是个包含着相同趣旨的故事，说的是一个汉子在荒郊野外见到女人腐尸，回家后，那惨相久久在脑

---

① 佛教书，全名应为《释禅波罗蜜次第法门》，中国隋朝智者大师天台宗开祖智颉（538—597）在金陵时撰述，门人弟子法慎，记成三十卷。
② 佛教书，中国隋朝天台宗开祖智颉讲述法华经的三部著作之一，全十卷，成书于594年。
③ 梵语 bhiksu 的音译，一般意译为"乞士"，俗称"和尚"，指年满二十岁、受过具足戒的男性出家人。

中萦绕。搂着妻子睡觉，一摸妻子的脸，感到妻子的前额、鼻子、口唇等一切模样都与那死尸无二，结果大彻大悟达无常之境。至于"在《摩诃止观》中，宣扬从人腐死直到拾白骨化为灰的始末，在人看来固然堪伤，然此类文章亦迷津者自然彻悟事也"，这就更加难得。

那么，所谓修行是做什么呢？就是像禅僧打坐时那样，独自静坐在那里闭目沉思，将意念集中到一点。所谓一点，比如，自己的身体本是父母淫乐的产物，本变自不洁不净之液体。引用《大智度论》[①]的话，便是"人交合时，身内之欲虫，男虫为白精，如泪出；女虫为赤精，如吐出；骨髓之膏流之，令此二虫如吐泪般出"。可以认为，此赤白二种液滴之化合即为自己的肉体。然后，则由又脏又臭的通道生出来。生下后也是拉屎撒尿，鼻子里流鼻涕，口中呼臭气，腋下出滑溜溜的汗。体内存着粪、尿、脓、血、肥油，五脏六腑里充塞着污秽，各种虫子麇集。死后，那尸体兽啃鸟啄，四肢分离，腥臭之味顶风臭三四十里。皮肤变成赤黑，人尸比狗尸更丑。总之，可以想象此身从生前到死后，皆为不净。

《摩诃止观》一书中，罗列着这些观点的顺序，解释得很详尽，分类很细。比如什么"种子不净""五种不净"等等。同时，该书又十分详尽地描述了人死后尸骸的变化过程，称第一过程为"坏相"，第二为"血涂相"，第三为"脓烂相"，第四为"青淤相"，第五为"瞰相"。如果看透了这些，一切七情六欲顿会消弭。对刚才

---

① 佛教《摩诃般若波罗蜜经》的注释书，印度初期婆罗门出身高僧龙树著，鸠摩罗什翻译。译本共一百卷，汇总了当时佛教的所有经典以及各种异见，加以统一说明，带有百科全书性质。

还感到美的东西，就会感到臭不可闻。这正如没看见粪便可以吃得下饭，而一旦闻到臭气，则会令人作呕，根本吃不下去一样。——书上是这样说的。

然而，如果只是独自枯坐来思考这些道理，想象其变化过程，有时仍不能充分体会。那么，经常到放尸体的地方亲眼观看书上所描写的现象，也不失为一种方法。前文所述的下级僧人，就实践了这一方法。正如那僧人每天夜里穿过山岭到莲台野一样，他观察尸骸的变化过程不是一两次，而是反复多次。看惯了坏相、血涂相、脓烂相。最后只要在独室闭目静坐，那些情况就会历历在目。不惟如此，纵然叫来一位众人眼中的绝代佳人，在行者眼中却是一堆臭肉脓血。据说，那位僧人为了试试自己这种道行，还真的把这种美人摆在眼前顿悟过。炼这种功的行者一旦修炼不净观，则不仅活生生的美女在行者自身主观上变得丑恶，而且在第三者眼中也会如此。那下级僧人的主人叫他看粥时，粥在主人眼里也化为一堆白虫子，就是这个意思。真正炼成了不净观，就会出现这种奇迹。

我们再把话题拉回，按少将滋干的日记，其父老大纳言也试图炼这种不净观。而且，很显然，老大纳言的情况是，失去的鹤——那"声断碧云外，影孤明月中"①的佳人倩影，总是不离开他的眼底，使他肝肠寸断，苦不堪言。正是为了消除那幻影，才产生这种念头的。

那个夜晚，父亲对滋干说了很多话，从解释不净观开始，讲自己脑海中那女人的美貌，以在烦恼中求得解脱。他说，自己的行为

---

① 出自杜牧《别鹤》。

也许像疯了，实际自己正在修法炼行。

"这么说，父亲不是第一次看那些啰？"

当父亲的长长谈话告一段落时，滋干问道。父亲肯定地点了点头。原来他在几个月之前便开始了，每次都挑个明月夜，进行一番修炼，再在天亮时悄悄回到家里。

"这样，父亲已经走出迷津了吧？"

滋干一问，父亲站下了：

"哪里！"他说完这句话，把目光投向远山上空的月亮，叹了口气，"谈何容易！炼成不净观可不像嘴上说的那么容易啊！"

说完这句话，不管滋干再说什么，他也不再理会，看样子是入神地思索着什么。一直到家，几乎是一言没发。

跟在父亲后陪着走夜路，在滋干是绝无仅有的。父亲既然说以前就背着家人经常去干这种事，恐怕在那天之后，也一定照例又出去转悠了多次。比如，第二天深夜之后，滋干就感到父亲小声开门出去的动静。不过，父亲既没想带滋干去，滋干也没想再尾随他去。

尽管如此，日后滋干也想过，父亲当时对一个不懂事的孩童，究竟出于何种目的才如此详尽地倾诉心怀呢？和父亲进行这么长时间的谈话，在滋干一生中只有那一次。说是谈话，实际上是父亲说给他听。父亲的语调，起初有些沉重，对这个儿童之心灵具有一种压抑感。但随着谈话的深入，便成了倾诉。到了最后，也许是滋干的主观臆断，听来简直就像哭声了。而在滋干幼小的心里，是抱有一种恐惧的。父亲如此失态，忘记了对方是个幼童，想修成正果，恐怕怎么炼也是徒劳的吧。父亲死抱住思恋之人的倩影终日烦恼，痛苦之余，只好合家于佛门。对此，滋干既有同情，也不能不产生疼爱和怜悯之情。但老实说，父亲不是努力来珍存脑海中母亲那美好的印象，却是把她想成荒郊腐尸，硬把她想成为腐烂丑恶的东西。对此，滋干也禁不住产生某种愤懑。实际上，他在途中多次差点儿要把此话说出口来："父亲，求求您，不要再糟蹋我心爱的母亲啦！"

这件事发生后十个月左右，即翌年夏末，父亲去世了。在他即将咽气之际，是否真的摆脱了色欲的世界了呢？是否把苦苦思恋的那个人看成了叫人不屑一顾的臭肉，而高尚、爽快、豁然地奔赴黄泉了呢？说不定正如少年滋干的预见，佛爷也没能使他脱离苦海，八十老翁依然为自己心上人的幻影苦苦折磨，心中燃着火一样的激情，咽下了最后一口气。对父亲心理世界的斗争以什么结果告终，滋干提不出什么确凿的证据。不过，父亲的死绝不是人们所神往的安乐转世。由此推断，滋干觉得自己当时的预见多半没有错误。

从人之常情来说，一个丈夫既然不能忘情于离开自己而去的妻子，那么，理应对此妻子为自己所生的亲生骨肉更加疼爱，应把对妻之爱转移到孩子身上，以此来减轻几分郁闷。但滋干的父亲不是这样。对他来说，如果弄不回抛他而去的妻子，他的郁闷是绝不会为别的因素所蒙骗、所排遣而消解的，哪怕是自己的亲生骨肉。父亲对母亲的如此恋情，是纯粹的、无任何掺假的。在滋干的记忆里，父亲也并非从没对滋干温柔讲过话，但其话题必定仅限于母亲。否则，这个父亲对孩子来说只能是个冷漠的人。不过一想到父亲满脑子装着母亲，甚而至于无暇照顾亲生骨肉的时候，滋干对父亲便一点也恨不起来。岂但如此，甚至还对此有些高兴。反正，打那一夜以后，父亲对孩子的冷漠变本加厉，看样子脑子里已全无滋干了，说来，就恰如任何时候都只是凝视虚空中的一点。因此原因，关于父亲最后一年的精神生活，滋干从父亲那里什么也没能听到。不过他注意到，父亲又开始狂饮一度戒了的酒；父亲依然终日把自己闷在佛堂，但墙上却不见了普贤菩萨的像；同时父亲也不再诵读经文，代之以不知不觉地又开始了吟诵白诗等等。

十一

关于老大纳言是在什么精神状态下死去的,笔者本想再占有一些翔实的资料,可惜滋干的记录中再没有更多的资料,我们只好根据前后情况来判断:最后,这位大纳言作为一个没能脱离无边苦海者,拜倒在心上人美丽的幻影下,怀着永劫的迷茫奔向黄泉了。这个结果对老大纳言本身,固然是个惨痛的结局,但对滋干来说,是否可以推断为:因为父亲没能亵渎母亲的美貌便命赴黄泉,滋干甚至感到无比庆幸哩!

就这样,老大纳言死去后第二年,左大臣时平暴卒。紧接着的四十载中,时平一族各支接二连三地断了香火,这在前文中已经提及。天子,由醍醐,经朱雀,又变为村上。除藤原氏和菅原氏的荣枯盛衰外,世事尚有各种沉浮变幻。这期间,滋干是在何处怎么样长大成人,又官升少将的呢?他在日记中光顾记他的母亲,而无暇顾及自己。不过,从记载来想象,父亲死后几年内,他好像又被送到奶母那里养育。那个老妪赞岐只知去投奔在原氏夫人,当了本院的女侍,那以后日记中没有再出现过。另外,滋干和他的那些异母兄弟及他们的母亲,是不是就没有一点往来呢?通篇日记找不到任何记载。但滋干对自己的同母异父兄弟中纳言敦忠,却在暗中寄予了深深的疼爱。他和敦忠,不仅门第、官位悬殊,而且他们的父亲之间又有夫人问题的纠葛。因为这些关系,他和敦忠双方都很拘泥,尽量避免相互接触。尽管如此,他私下仍对敦忠的人品抱有好感,暗中为他祝福,常常关注着他的行动。因为敦忠毕竟长得很像母亲。滋干几次写道:一见到中纳言,便会忆起昔日和母亲相会时她的风貌而感到格外亲切。感叹不幸的是自己的容貌不像母亲而像父亲。他说,母亲走后父亲只想母亲不疼自己,怕就是因为自己不像母亲吧!对时平死后敦忠和母亲一起生活,滋干很是羡慕。滋干写道,母亲对那个仪表堂堂的幸运儿敦忠,一定倍加疼爱;而自己长着如此丑陋的面容,即使能和母亲一起生活,她也不会喜欢自己的。母亲一定会像嫌弃父亲一样来嫌弃自己……

话分两头,表完了国经、滋干,那滋干昼思夜想的母亲,即其后的在原氏夫人,又是怎样度过余生的呢?当时平先她而去时,她才二十五六岁,那之后她是作为一个年轻漂亮的遗孀静度时光了?还是又找了第三、第四个男人呢?她作大纳言妻子时,曾和平中有过私情。由此点看来,她即使背着人又和哪个保持些暧昧关系,也不足为怪。但此类情况现在一无所知。滋干不偏爱父亲而偏爱母亲,所以即便母亲有什么丑闻,他也不会记载。不过,这里我们还是相信日记的真实性,假定其母是以守着左大臣遗孤敦忠的成长为乐,寂寞而谨慎地保全了她的操守。即便如此,当听到她的前夫老大纳言为思念她而备受折磨、郁闷而死的时候;当耳闻平中被她抛弃后,为了填补空虚和惆怅而苦苦追求本院侍从,到头来落得个送掉卿卿性命下场的时候,她将作何感想呢?当左大臣依权仗势鱼肉朝野时，她作为本院夫人确曾受到过很多人的敬畏，成为人们钦羡的目标。而一旦左大臣撒手归西，往日的荣华成了过眼云烟，只怕她也成了对一切怨怨艾艾的人了吧。对她倾注了似火热情的男子，一个接一个地死去，因菅丞相阴魂作祟，左大臣一家一族遭到报应，接二连三地身亡，最后连她的爱子敦忠也没能幸免。看到这些，她也会油然感喟世事沉浮无定、变幻莫测吧？

然而，滋干既然对母亲如此神往，却因何没打算接近母亲呢？左大臣在世时还情有可原，左大臣故去后，想来似乎没有了相逢的障碍，就算要回避敦忠，但以他的地位来说，拜访母亲次把又有什么必要那等疑虑重重呢？关于这一点，《滋干日记》上说，自己十二岁时，曾几次吐露想见母亲的愿望，但世上的事并不那么简单，奶母告诫他："你母亲已是人家的人啦。你母亲已不是你的母亲，成了身份比我们高贵的人的母亲了。"不久自己离开奶母膝下长大成人，到了应自立，一切应自己判断的年龄，便愈加明白奶母的话不假，而没有得到和母亲相会的机会。他自己感到，年龄愈大，和母亲的距离愈远。虽然她的丈夫左大臣早已作古，但滋干总是把母亲想象成高在九天之外、自己可望而不可即的人；想象着她作为一个豪门的高贵未亡人，朝夕被一群下人众星捧月般地保护在富丽堂皇的府邸珠帘之内。想到这，倒真的觉得奶母说得对，她已不是自己该唤作母亲的人了。可悲的是，他自己硬要认定自己的母亲已不在人世。即便不是如此，也认为自己和父亲一样被母亲抛弃了。他对母亲抱有一种偏见，这也就更加深了他与母亲之间的心理屏障。

一来二去之间，天庆六年三月，敦忠死去，不久，母亲削发为尼。这个消息不可能不传入滋干耳中。以前滋干和母亲之间的障壁之一，便是敦忠的存在。现在此人既已故去，岂非机会不期而至？如果滋干愿意，当能轻易找到与母亲相会的办法。红尘中的义理、清规戒律，这些曾阻塞这条道路的东西，现在已全部化为乌有。更何况以青灯木鱼为伴的母亲，结庐于敦忠的山庄苦度残生。这一消息滋干也一定会有所耳闻。母亲的周围早已没有了监视的耳目，草庐的柴扉必定是门户开放，不会拒绝来者。这样一来，滋干也一定会怦然心动。然而，即便如此，他似乎仍旧优柔寡断，决心难下。这或许是由于上述的偏见或羞涩，但此外，恐怕还有某种原因使滋干怕见近在咫尺的母亲。

想来，在昔日父亲修炼不净观时，滋干曾惊叹父亲亵渎了母亲的幻影，而憎恨过父亲。四十年来，他虽然和母亲音信隔绝，却把朦胧记忆中的母亲面影塑造成自己理想的偶像深藏在心底。大概他是想使儿时见到的母亲形象永不变形地思念下去吧。然而，经过了四十年的风风雨雨、尘世沧桑，成为被人间遗忘的佛门弟子的母亲，如今已变成何种模样了呢？滋干想到，自己记忆中二十一二岁的母亲，是个满头长长秀发、面容丰腴的贵妇；而现实的母亲——结庐隐居于西坂本的尼姑，却已是个年逾六旬的老妪。在这冷酷的现实面前，他难道不会畏葸不前吗？也许滋干觉得，与其品尝一杯不必要的苦酒，莫如心里永久装着她昔日的面影，缅怀当时听到的柔声细语、沁人肺腑的熏香、笔尖写在手腕上的感触以及其他种种回忆，这样生活得更为理想。滋干自己并没有这种告白，但既然其母削发为尼后，还错过了几个春秋，据笔者判断怕是有以上原因吧！

滋干之母遁入空门隐居的西坂本，即当今京都市左京区一乘寺

一带的敦忠山庄。这在《拾遗集》卷八《伊势①之歌》里,以"寻访权中纳言敦忠之西坂本山庄瀑布岩"为说明,有和歌云:

滔滔音羽川,
拦河引流成飞瀑,
宛若院主心,
高屋建瓴秀风流,
人心昭然实可测。

从那时的京都骑马到这里,大约是没多远的路。当时滋干要常去比睿山的横川找定心房良源②听讲佛经。如归途他取道云母坂下山,则会到达母亲所住的山脚下山庄。而实际上,他也时常从山上遥望西坂本的方向,感到心里热乎乎的,有时两脚会不由自主地迈向那里,但他总是克制住自己,而故意岔到别的路上。

不过,几年后的一个春天,滋干在横川的良源那里住了一宿。翌日近午,他走出房子,从峰道经西塔、讲堂来到根本中堂③的十字路口时,突然鬼使神差地取道西坂本。之所以说"突然",并非偶生此念,而是以前曾想走这条路,却不知为什么中止了,结果此愿未竟。而这一天,阳春三月,他为笼罩在雾霭中的远山景色和深

---

① 伊势(?—939),歌人,三十六歌仙之一,伊势守(伊势地方行政长官)藤原继荫之女,三十六歌仙之一的"中务"之母,有家集《伊势集》。
② 良源(912—985),平安中期天台宗的僧人,御敕谥号为慈慧大师,入比睿山学显、密两宗,最后官拜大僧正,被认为是复兴比睿山、中兴天台宗的始祖;定心房,是良源住所兼讲经处所,因春夏秋冬皆讲解法华经,也称"四季讲堂"。
③ 天台宗寺院的正殿称"根本中堂"。这里的根本中堂指京都比睿山延历寺的正殿,其前身为传教大师最澄所建。

涧中的大片野花所吸引,这才产生了悠游一番的念头。而且,此行固无什么目的,但因为走过那条路就到了西坂本,暗中察访一下母亲住所的想法也不会没有。

滋干来到坡道时,太阳已渐渐西沉。过了水吞岭一带,耳听音羽川飞瀑的声响,到达山麓,不知不觉地朦胧月已挂在中天。那首壬生忠岑①的和歌就是咏叹这个瀑布的:

> 瀑布飞滚下,
> 源头年深日久远,
> 丝毫无黑斑,
> 倾泻而下七八尺,
> 白雾腾腾好壮观。

瀑布的尾部形成一条音羽川,而道路沿岸边顺流而下。他信步一走,便来到一个地方,这地方从围着低矮篱笆的宅邸对面,透过花草树木,可以看见一所别墅式的房子。滋干跨过残垣断壁走进院子两三步,观察了一下周围的动静。里边万籁俱寂,不像有人居住。这里东临耸立的比睿群峰,西为一个漫坡。想当初,挖池堆石,造山引水,这种庭园意趣是何等匠心独运。然而,曾几何时,眼下已荒凉冷落,杂草丛生,树干上爬满了青藤,密如蛛网。这一带因为近山且树林茂密,本来就和阳光无缘。加之时已黄昏,凉气袭人,沁人肺腑。滋干拨开陈年败叶,来到一所正房模样的建筑

---

① 壬生忠岑(860?—920?),平安初期的歌人,三十六歌仙之一,有著作《和歌十体》和家集《忠岑集》。

前，这里也似乎成了废墟，门紧紧地锁着，已是黄昏却见不到一丝灯光。他坐在台阶上小憩，发觉旁门的合页已损坏，门掉下来一扇。进到屋里看看里边，里边一片漆黑，霉味扑鼻。滋干想，这里以前说不定是谁的住处。他注意到这里或许就是已故中纳言的山庄。难道中纳言去世后，这里无人居住任其荒废着？倘若如此，据说曾和中纳言起居与共，中纳言死后也仍在这附近结庐隐居的母亲，恐怕不住在这里了吧？不管怎样看破红尘，一个单身女子是没法在这等凄清的地方居住的……滋干想着这些，在都能听到耳鸣的寂静中休息了片刻。这时，四周更加黑暗寂寥。但一想到这里曾是母亲住过的地方，还是有点流连忘返。

这时，似乎猫头鹰的叫声和潺潺溪流声交织在一起。他终于起身直奔这个声音，沿着水流，绕过水池，越过假山，穿过花木。往眼前一看，果然一条瀑布自崖上倾泻而下。那崖约高七八尺，因为不是悬崖，在漫坡上四处装点着各种奇形怪石。落下的水在那中间左弯右弯，喷着白沫，形成一条水流。崖上的枫树、松树枝桠参差地覆盖着瀑布的表面。大概是这个瀑布引来音羽川之水，并到这里被拦住的吧。滋干会意到这个，脑中便浮现出那首"滔滔音羽川，拦河引流成飞瀑……"的和歌。显然，这歌中的"飞瀑"就是咏颂这条水流。这个山庄就是中纳言的别墅已确凿无疑了。

暮色愈加苍茫，已无法看清水面，滋干心里斗争着是不是就此返回，但总觉得心不落底，又一次次跳过河滩上的石头，从瀑布的落下点向上攀登了。到了这一带，好像已走出了院落，泉石的形状也没有了人工雕琢的意趣，渐渐变成煞风景的小路。蓦然向那边一看，只见溪流旁的崖上有一株大樱树，满树樱花怒放，宛若要驱走弥漫在周围的暮色。纪贯之的和歌"红叶在深山，无人欣赏任凋零，委实招人怜"是咏叹红叶的，而在此时此地的幽谷之中，不为人知的斗妍群芳当然也是"锦衣华服黑夜穿"了。这棵樱树刚好长在比路面高些的地方，孤零零一棵巍然矗立，宛若鹤立鸡群。茂密的枝叶形成一个个伞盖，火一般照亮了四周。人们都会有这种体会，在荒僻无人处走夜路时，偶尔碰到妙龄女郎在独行，要比碰到个汉子更叫人发怵。同样，对这种无人之境中悄然怒放的樱花，也难免使人油然感到一股妖气。滋干疑惑自己的眼睛，不想靠近，远远地站着眺望。有樱树的那崖子好像一团岩石上的苔藓一样，突现在离水面一丈高的地方；一泓细细的清水不知出自何处，绕过崖下流到下面的溪水里。在崖的半腰，一丛棣棠花弯腰下垂到清水的方向。这样讲来，从刚才到现在已经过了相当长时间，可是从滋干伫立的地方看对面的各种景色，之所以还那么鲜明清晰，是不是花受到了雪光的衬托啊——滋干这样想。但实际上并不是雪光，而是花上空的一轮明月越来越亮。土湿漉漉的，皮肤接触到的空气也凉丝丝的。天，确是阳春三月，只有一点淡淡的云影。朦胧月色透过花周围的雾霭，把香气袭人的一方深涧映照得好像在幻梦中一般。

　　滋干在孩童时代，曾跟踪过父亲，在惨白的月光下目击过骇人的场面，那是秋日夜半极为皎洁的月光，并不是像现在这样暗淡、柔软如绵且有些暖意的月光。那时的月光，把地上的小虫也照出来，使他分明地认出了蠕动在内脏中的一条条蛆虫。今夜的月亮，尽管如实地照出了那一带的东西，譬如细如丝线的泉流、无风却即将缤纷的一两片樱花落英、黄澄澄的棣棠花等等，不过，又把那一切像幻灯片一样加上一条模糊的花边，使人产生一种超尘脱俗、瞬时在空中描绘出海市蜃楼般的感觉，似乎你一闭眼，这个世界就要消失……

不久，滋干的目光注意到一个完全意想不到之物。因为是在这种不可思议的特殊光亮中，所以对这东西何时出来的便不得而知。那是个白刷刷的东西，正在樱树下闪动，一根开满花的树枝正好垂在那白东西的上部，所以，起初很难看清是个什么，说它是花又太大了。也许这个白团团在他注意到之前就一直在那闪动也未可知。老实说，滋干在注意到这个东西后不久，便发觉那大约是位个头儿很小的僧人——从矮个儿窄肩这点来判断也许是个尼姑——正凭靠樱树伫立着；而且，也发觉了那尼姑模样的人，头上严严实实地戴了一顶年老僧人往往用来防寒的白绸帽，正是那个东西在闪动。尽管如此，在察觉的一刹那，他的内心开始否定自己的视觉：不，这是个梦，这种地方何来尼姑？自己在做梦吧？不然，就是那妖气十足的樱花精跑出来了……他故意不想相信自己正千真万确亲眼看到的东西。

尽管他在不断否定，但随着遮月的云纱一点点散去，那人影渐渐分明起来。将信将疑的东西，现在看来确是尼姑无疑。她戴的帽子正像后世的高祖头巾①一样，把头部完全盖住，并垂到肩上。所以，从滋干这里看不见她的脸。那尼姑静静地离开树下，并开始从崖上向下走。刚才她颓然伫立仰望着天空，是看花看入神了？还是在向往花上空的皓月？她来到清水旁弯下腰，伸手要折一枝棣棠花枝。

---

① 日本江户时代起妇女常用的一种御寒头巾，罩住整个头部，只露出眼睛部分。

当那尼姑正在做那些时，滋干也不由自主地移动了脚步。他尽量轻手轻脚地走近她的身后。那尼姑手持折下的花枝正站起来要返回山崖那边。原来崖上苔藓间有一条羊肠小道，走到头有扇倾斜了的小门，大约那里边便是庵房了。

"喂……"

尼姑发觉附近有动静吃了一惊，猛一回头，滋干像被某种力量从背后推了一下似的倒向了尼姑。

"喂……这位师太莫非是已故中纳言的令堂大人吗？"滋干结结巴巴地问道。

"在尘世期间，贫尼正是您所说的那个人……您是……"

"我……我……是已故大纳言的遗孤滋干。"说完，他的话像开了闸门的水一样突然涌出，"母亲！"

因为一个男子大汉猛地抓住了她的身体，她摇摇晃晃地勉强在路边岩石上坐下了。

"母亲。"滋干又喊了一声。他跪在地上，从下边仰视母亲，靠在了她的膝下。母亲那白帽下边的脸，在透过花而洒下的月光烘托下，显得小巧可爱，似乎脸四周有一圈毫光。四十年前的一个春日，自己在屏风里被母亲抱着的记忆猛然复苏，历历在目。一瞬间，滋干感到自己成了六七岁的小儿。他不顾一切地扑掉了母亲手中的棣棠花枝，将自己的脸紧紧贴向母亲的脸。这时，那黑色僧衣袖里沁出的幽香，唤起了他对多年前遗香的回忆。他像撒娇的孩儿一样，几度用母亲的衣袖来擦拭自己腮边之泪。

谷崎潤一郎
少将滋幹の母

图书在版编目（CIP）数据

少将滋干之母／（日）谷崎润一郎著；王述坤译
. —上海：上海译文出版社，2021.3
（谷崎润一郎作品系列）
ISBN 978‐7‐5327‐8652‐7

Ⅰ. ①少⋯ Ⅱ. ①谷⋯ ②王⋯ Ⅲ. ①中篇小说－日本－现代 Ⅳ. ①I313.45

中国版本图书馆 CIP 数据核字（2021）第 021142 号

少将滋干之母	［日］谷崎润一郎 著	出版统筹 赵武平
少将滋幹の母	王述坤 译	责任编辑 董申琪
		装帧设计 尚燕平

上海译文出版社有限公司出版、发行
网址：www.yiwen.com.cn
200001　上海市福建中路 193 号
上海信老印刷厂印刷

开本 890×1240　1/32　印张 3.75　插页 2　字数 57,000
2021 年 4 月第 1 版　2021 年 4 月第 1 次印刷

ISBN 978‐7‐5327‐8652‐7/Ⅰ•5341
定价：35.00 元

本书中文简体字专有出版权归本社独家所有，非经本社同意不得转载、摘编或复制
如有质量问题，请与承印厂质量科联系。T：021‐39907745